„Wenn wichtige Menschen aus unserem Leben gehen und uns einsam, vielleicht verzweifelt hinter sich zurück lassen, ist die wesentliche Frage nicht, was sie uns bedeutet haben oder welche Löcher ihre Abwesenheit in unser Leben reißt, sondern wie wir uns am besten für ihre Anwesenheit in unserem Leben erkenntlich zeigen können." Eric A. Theramon

Hallo,

dieses Buch widme ich meinen beiden Freunden K. T. M. N. J. J. P. F. J. S. John und Konstantin Freudenheim. Bei allem, was ich jemals über Menschlichkeit, Nächstenliebe und vor allem Nähe gelernt habe, waren es wohl genau diese beiden, die mich am meisten gelehrt haben. Für diese Widmung und nur für diese Widmung habe ich mir schlussendlich die Mühe gemacht, dieses Buch zu schreiben. Und sollten es nur diese beiden Menschen lesen, dann wäre sein Zweck bereit erfüllt. Deshalb hoffe ich sehr, dass sie beim Lesen dieses Buches viel Spaß haben werden und mir für lange Zeit nicht verloren gehen. In diesem Sinne habe ich mir ausgedacht, den beiden, zu gleichen Teilen, den ersten und den letzten Satz des Buches zu schenken. Weniger wäre sicher unfair, denn dafür haben sie mir zu viel gegeben. Mehr wäre sicher auch nicht richtig, denn immerhin habe ich mir die Arbeit in der Mitte selber gemacht. Also verschenke ich die Klammer, die alles zusammenhält, was ich mir in der Mitte, zwischen John dem Großartigen und Konstantin dem Einfühlsamen ausgedacht habe.

LG
Alice Mie
PS.: Sollte noch jemand anderes Lust haben mal rein zu lesen, geht das wohl in Ordnung. ;@))

Herstellung und Verlag:
Books on Demand GmbH, Norderstedt
ISBN: 978-3-8448-1188-9

Grundlos Liebe

„Wenn es weh tut, " dann kann es keine Liebe sein.",
hab ich gelesen. Wenn es weh tut, weil man es nicht
glauben kann, dann ist es vielleicht doch Liebe. Dann
tut nicht die Liebe weh, sondern das Glauben.
Vielleicht ist man einfach nicht daran gewöhnt. So
könnte es sein. Es gibt ja zu jeder Regel, eine
Ausnahme. Wieso wir, unser halbes Leben damit
verbringen, Regeln zu erfinden und einzuhalten, die im
Notfall Nichts helfen, weil sie genauso gut falsch sein
können, ist mir völlig schleierhaft. Überhaupt bin ich
mir unsicher, ob Regeln und Liebe zusammen passen.
Wahrscheinlich nicht. Ich erinnere mich an Liebe, als
an ein Wesen, das überhaupt keine Regeln befolgt.
Nicht dumm, sondern respektlos. Wenn alles völlig
durcheinander geraten ist, der Magen in den Knien
hängt, das Hirn im Magen und das Telefon im
Kühlschrank, das hört sich verdächtig nach Liebe an.
Dieser Zustand kann einem wirklich, ein bisschen
Angst einjagen. Wenn man Angst haben muss, das
kann keine Liebe sein. Angst tut weh, sogar
körperlich. Ist man nur erschrocken, weil man nicht
daran gewöhnt ist und auch nicht darauf eingestellt
war, dann sieht es nach Liebe aus. Von einem
Schrecken, kann man sich leicht wieder erholen. Der
geht vorbei. Ist es beruhigend, dann hat es viel von
Liebe. Ist es aufregend auch. Aber zuviel Ruhe und
zuviel Aufregung können sehr deutlich sagen, dass es
alles andere ist, nur keine Liebe ist.

Teenager und Liebe passen sehr gut zusammen, das
weiß jeder. Teenager sind auch respektlos. Respektlos
und rebellisch. Sie müssen so sein, sie suchen
schließlich ihren Platz. Liebe auch. Wenn sie ihn
gefunden haben hören sie vielleicht wieder auf. Ist
man sehr jung, dann sind Telefone im Kühlschrank
kein großes Drama. Immerhin legt man sich, wenn

man jung ist, ja auch mit Jeans in die Badewanne. So haben wir es zumindest gemacht. Der guten Unterhaltung wegen, sogar zu zweit, oder zu dritt. Das hängt vom Fassungsvermögen der Badewanne ab. Ich habe mir vorgenommen, zwar etwas weise, aber nicht alt zu werden. Was ich mir vornehme, klappt normalerweise ganz gut. Trotzdem bade ich heute lieber allein, wenn es sich einrichten lässt. Und auch ohne Jeans.

Baden ist wie Fliegen. Den Gedanken, zwei Stunden bis zum Kinn im Badeschaum zu liegen, liebe ich sehr. Heißes Wasser ist gut für neue Ideen. Der Körper kommt zur Ruhe und der Kopf wird frei. Dann kann man Blumen pflücken und ferne Planeten beobachten. Würden mehr Menschen baden, wäre die Welt vielleicht ein besserer Ort. Heiße Vollbäder sind eine tolle Idee. In meiner Vorstellung verbringe ich Stunden in der Badewanne, aber dann werden selten mehr als fünfzehn Minuten draus. Ich bin ein unrastiger Charakter, wenn ich zu ruhig bin, werde ich schnell vermisst. Plötzlich rufen die echten Blumen laut nach Wasser und Liebe genauso die Kinder, nur das die wesentlich lauter sind. Manchmal ist es sogar das Haus, oder die Nachbarn. Auch Häuser können rufen, irgendwas ist immer. Die fernen Planeten haben ich mir in der letzten Zeit abgewöhnt. Ich bin, neuerdings, nicht mehr schwindelfrei. Ich glaube nicht, dass man alles haben sollte, was man sich vorstellt. Das schadet dem Charakter. Eine Phantasie kann ein Ziel sein. Wenn es traurig macht, weil es eine Phantasie bleiben muss, dann könnte etwas wie Liebe dran sein. Aber wenn es eine Phantasie bleibt ist es sicher keine, oder viel zu wenig davon. Dann könnte es ein Fluchtweg sein. Braucht man Fluchtwege, dann führt man das falsche Leben. Oder man führt das richtige Leben, mit den falschen Menschen. Die Menschen in einem Leben auszutauschen tut weh.

Aber das kann Liebe sein. Manchmal kann es weh tun und Liebe sein.

Liebe ist ein ungleiches Paar Schuhe. Einer grün, einer rot. Möglich, dass sie nicht zueinander passen, weil sie ungleich sind. Liebe kann wirklich alles durcheinander bringen. Vielleicht haben junge Leute wenig Probleme damit, wenn das Chaos über sie herein bricht, weil sie viel mehr Platz in ihrem Leben haben. Es gibt weniger Verantwortung und sie müssen noch nicht, an so viele Dinge denken. Ich bin sicher, Liebe swingt. Man braucht Platz zum tanzen. Es ist schwierig, jemanden zu lieben, bei dem es keinen Platz gibt. Man kommt sich immer zu viel vor, oder zu wenig. So als würde man eigentlich stören, weil man Komplikationen verursacht. So wie ein Druckfehler, im Tapetenmuster. Wenn es stört ist es keine Liebe. Wenn es kompliziert ist vielleicht schon. Es gibt Menschen, die mögen komplizierte Angelegenheiten. Manche lieben den Kick. Ich habe einen Freund, der liebt Horrorfilme. Ich glaube, eine Frau, die Seetang in den Haaren hätte, ihre Därme um den Hals tragen würde und eine Körpertemperatur unter fünf Grad Celsius besäße, wäre genau das Richtige für ihn. Ein Kick ist ein Tritt. Also, ich werde nicht gerne getreten. Ich hasse diese Filme, die Dich immer dann fangen, wenn Du Dich wieder getraut hast zu atmen, weil es so aussieht, als würde grade alles gut werden. Bei solchen Filmen sitze ich oben auf der Sofalehne und beiße auf meinen Fingernägeln. Wenn ich sie gucken muss, vertraue ich plötzlich Nichts und niemandem mehr. Dieser Zustand kann ewig dauern, sogar wenn der Film schon lange vorbei ist. Beim Atmen gestört zu werden kann zum plötzlichen Herztod führen, das ist gar nicht gut für die Gesundheit. Auf der einen Seite hat man so natürlich schnell unter fünf Grad erreicht. Aber sicher, will doch niemand dauerhaft toten Fisch im Bett haben. Ich schätze, das fällt unter liebenswerte Phantasie. Solche

Filme fallen in die „Bei Anruf Mord" Kategorie. Schon ganz harmlose Gegebenheiten sind lebensbedrohlich. Grade wenn es unscheinbar wird und ganz alltäglich aussieht, kann man sich nicht sicher fühlen. Wenn es bedroht, dann ist es keine Liebe. Auf keinen Fall. Wenn es ein par längst überfällige Lebensphilosophien aufräumt, dann kann es richtig gut werden. So oder so.

Jedenfalls habe ich mir noch nie Gedanken darum gemacht, wie es sein würde, mit einem Mann auf der Sofalehne zu sitzen. Ich glaube, es könnte für Liebe, eine unpraktische Positionierung sein und vom Platz her, ist es vermutlich ein bisschen knapp. Sehr unbequem. Jemanden immer erschrecken zu müssen, das stelle ich mir aufwendig vor. Natürlich will ich auch nicht gerne erschreckt werden. Mein Freund, der Horrorfan hat sich mal in die Hauptdarstellerin, aus einem seiner Filme verliebt. Als der Zombie sie erwischt hat, hat sie laut und sehr schrill geschrieen. Bei dem Geräusch, konnte einem wirklich, das Blut in den Adern gefrieren. Alle Gläser im Schrank haben vibriert. Er hat sich diese Schreiszene bestimmt tausend Mal angesehen. Aber es hat sich herausgestellt, dass die Frau im echten Leben eher ein verspäteter Hippie ist. Mit Batikröcken und so. Das fand er nicht mehr so gut. Es gruselt ihn, hat er gesagt. Mit Blümchensex, hat er gesagt, kann er nichts anfangen. Dann war die Liebe vorbei.

Ein Telefon im Kühlschrank ist sicher kein Weltuntergang. Auf viele der Telefonate, die einen täglich erreichen, könnte man sicher gut verzichten. Dass ich das Telefon in den Kühlschrank lege, passiert mir heute noch manchmal. So bald man sich angewöhnt hat, ab und an im Kühlschrank danach zu suchen, ist es nicht mehr schlimm. Allerdings, habe ich heute andere Gründe. Meistens, denke ich grade

6

angestrengt über etwas nach, vielleicht ein Arbeitskonzept, oder die Frage, wie man ein vier Meter siebzig hohes Treppenhaus tapeziert. Kein Mensch, der sich nicht damit auseinander gesetzt hat, hat eine Idee davon, welche komplexe Problematik hohe Treppenhäuser darstellen. Schließlich soll sich keiner zu Tode stürzen und am Ende muss das Ganze, ein bisschen vernünftig aussehen. Wir sind ja nicht bei Hämpels. Zumindest fast nicht. Sollte jemand auf den Gedanken kommen mich zu fragen, ob ich die Sachverhalte der Liebe genau kenne, dann müsste ich im schlimmsten Fall sagen, dass ich überhaupt keine Ahnung habe. Im besten Fall und an guten Tagen, wenn ich richtig fit bin, müsste ich eine Gegenfrage stellen. Ich müsste fragen: „Woran erkenne ich dass es Liebe ist?" Woher soll ich wissen, wie es sich verhält, wenn ich nicht weiß, woran ich es erkenne. Wenn ich ständig mit dem falschen Mann rede, dann kann ich auch nicht wissen, welche Lieblingsfarbe, der Richtige hat. Ich denke, es könnte vielleicht Blau sein, oder Grün. Aber sicher sein, kann ich mir natürlich nicht. Ich glaube, ein bisschen Sicherheit kann der Liebe nicht schaden. Eine gute Antwort, konnte mir noch niemand geben. Für gute Antworten bin normalerweise ich zuständig. Allerdings nicht im Moment, denn ich bin außer Gefecht gesetzt. Ich bin verliebt.

Es ist schön, wenn man sich nicht alle Antworten selber geben muss. Vielleicht braucht Liebe nicht viele Antworten, aber es ist schön sie zu bekommen. Eine andere Stimme im Ohr ist ein schönes Geräusch, vor allem dann, wenn sie mit Liebe zu tun hat. Reden ist wie gute Belüftung. Man kann sicher sein, dass alle genug Sauerstoff bekommen. Wenn man viel Geduld braucht, dann ist es möglicherweise keine Liebe. Wenn man sie sich erlauben kann, dann kann es Liebe sein, das glaube ich schon.

Als ich mich verliebt habe, dachte ich schon, es würde kompliziert werden. Ich war ein bisschen aus der Übung geraten. Die Mühe Chaos zu stiften, brauche ich mir, normalerweise, nicht zu machen. Bei uns ist immer eine Mütze voll Chaos gegeben. Ich lebe in einem Haus mit vielen Künstlern. Im Grunde, habe ich mehr Übung, in knall harter, wohl gelaunter Disziplin. Das hört sich widersprüchlich an, passt aber gut zusammen. Man braucht einfach Übung. Kann man Liebe üben? Schwer zu sagen. Aber besser werden kann man sicherlich. ZU üben, manchmal einfach, nichts zu tun kann eine große Hilfe sein. Wenn es Arbeit ist, dann ist es keine Liebe. Ein bisschen dran zu arbeiten, ist schon nötig. „Gut gelaunte Disziplin" bedeutet, das was man will und das was man muss unter einen Hut zu bringen und es trotzdem halbwegs, gut aussehen zu lassen. Die Nase dicht ans Ziel zu packen, zu arbeiten wie ein Ackergaul, im Tempo eines Rennpferdes und sich dabei ein Liedchen zu singen, wie die sieben Zwerge ist ein spannendes Unternehmen. So wie eine gute Uptemponummer beim Tanzen. Spätestens wenn man es geschafft hat dreistimmig zu werden, fängt das Ganze an, wirklich Spaß zu machen. Es gibt nicht viel, das mich so begeistern kann, wie das besser Werden. Deshalb liebe ich es, viele unterschiedliche Dinge zu tun. Das besser Werden erzählt uns, von uns selbst. Es erzählt schöne Geschichten. Wenn sie uns gefallen, dann bringen sie Freude, wenn nicht können wir uns neue erfinden.

Ich hatte grade beschlossen, eine Liebesgeschichte zu erfinden. Weil mir die Übung fehlte, hatte ich völlig vergessen, dass man Liebe nicht erfinden kann. Sie erfindet sich selber und zwar ausschließlich. Sie lässt sich einfach nicht rein quatschen, nicht mal von mir. Wenn man sicher ist, dass man es selber verursacht hat, dann kann es keine Liebe sein. Es sei denn man verursachte es, beim anderen. In diesem Fall ist es Liebe, oder eine extrem unglückliche Form der Übertragung. Ich bin wirklich froh, keine Psychologin zu sein. Es kommt mir wirklich schwierig vor, sich halbwegs wertfrei zu verlieben, wenn man all die unglücklichen Irrtümer, die einem dabei passieren können, beim Namen nennen kann. Je nach dem wie exklusiv man sich verliebt, kommt mir schon der Psychrembel, für den Hausgebrauch, extrem hinderlich vor. Ich jedenfalls habe mich hoch exklusiv verliebt, nichts anderes wäre vorstellbar, denn ich mache keine halben Sachen. Das war es, was ich zuerst vergessen habe und dann alles andere. „I`m ops up by a stranger." Ich habe mich in einen völlig Fremden verliebt. Und das auch noch sehr schnell, ich habe dafür kaum zwei Minuten gebraucht. Man könnte sagen es traf mich hart und nachhaltig. Das tut man aber nicht, so viel war klar, sogar mir. Natürlich gehe ich mit diesem merkwürdigen Phänomen ein bisschen vorsichtig um, denn ich pflege grundsätzlich einen legeren Umgang mit Merkwürdigkeiten. Deshalb gucke ich gerne gut hin. Der Psychrembel sagte also: „Mädchen sei auf der Hut." Und das war ich auch, in dem eingeschränkten Rahmen, in dem ich dazu noch in der Lage war. Ein bisschen Tunnelblick gehört wohl dazu. Aber ist es denn realistisch, sich so schnell und heftig, mit ohne Grund in einen völlig fremden Menschen zu verlieben? Die Frage ist doch: Wie geht das? Ist das überhaupt gesellschaftsfähig?" Ich habe versucht zu verstehen, warum das auf diese Art passieren kann. Bis dato habe ich die Frage, ob es Liebe auf den ersten Blick gibt immer bejaht. Ich bin sicher, dass es sie gibt und ich halte sie für eine wundervolle Einrichtung. Allerdings glaube ich, dass sie so selten ist, wie zum Beispiel ein Sechser im Lotto. Die Wahrscheinlichkeitsquoten des Lottosechsers, haben dazu geführt, dass ich bis heute noch nie eine Veranlassung hatte darüber nachzudenken. Aber den, kann man wenigstens schwarz auf weiß nachlesen. Man kann sich früher oder später damit abfinden. Wenn es keinen ersichtlichen Grund gibt, kann man sich nicht sicher sein, ob es Liebe ist. Wenn es einen ersichtlichen Grund gibt, ist es ein guter Anlass für eine zügige Trennung. Glücklicherweise gab es in der Zwischenzeit einige Menschen, die sich große Mühe damit gemacht haben, mir Ablenkung vom Thema zu verschaffen. Manche sagten immer und immer wieder „Liebe fordert nicht." Man kann sich schnell fühlen, wie das größte Schwein auf Erden, wenn man diese ultimative Weisheit ständig auf verliebten Magen verkraften muss. Eines Tages habe ich einem von ihnen dafür, die goldene Hirschkuh des Tages verliehen. Es hat wirklich gedauert, bis ich dahinter gekommen bin, aber dieser weise Spruch ist rein inhaltlich, wohl einer der dämlichsten, die sich ein Menschenhirn je ausgedacht hat. Woran man sehen kann, dass Liebe nun mal einfach nicht im Kopf passiert. Liebe fordert und zwar pronto. Sie fordert Platz zur maximalen Ausdehnung, unter anderem, auf das ersehnte Objekt des Begehrens. Aber sie erzwingt ihn nicht. Wenn es zwingt, dann ist es keine Liebe.

Weil es in der letzten Zeit wirklich ein bisschen heiß her ging, musste ich das Hadern und Zetern kurzfristig einstellen. Ich hatte einfach keine Kraft, mich den zermürbenden Leiden des jungen Werther hinzugeben. Ich vermute, das tut man wirklich nur dann, wenn man gnadenlos zu viel Zeit, oder wenn man sich vorsichtshalber für ein rein logisches Leben entschieden hat. Ich habe beides nicht. Keine Kapazitäten. Trotzdem hatte ich alle Hände voll damit zu tun, den täglichen Wahnsinn in den Griff zu kriegen. In manchen Zeiten gibt es einfach mehr davon. Der Gedanke an ein ganzes Wochenende im Bett, nur mit einer Flasche Rotwein und einem Paket

Butterkeksen, fällt so etwa in die Kategorie, zwei Stunden in der Badewanne. Am Ende bleibt es ein wundervoll, beglückender Gedanke. Wenn man davon absieht, dass das Verpflegungsmaterial für ein Wochenende nicht ausreicht. Ich meine natürlich die Butterkekse. Vor drei Tagen erst habe ich gesagt, dass ich eigentlich keine Herzschmerzprobleme habe. Hatte ich auch nicht, dachte ich. Bis ich dann leise vor mich hinrotzend die Geschirrspülmaschine eingeräumt habe. Echt, wie ein Schluck Wasser in der Kurve. Da wusste ich es besser. Man könnte durchaus sagen, wir glauben, ich bin liebes fähig. Wenn es nie weh tut, dann ist es keine Liebe, sondern eine Angewohnheit. Die wichtigen Dinge fallen mir immer bei der Hausarbeit ein. Gibt es etwas Wichtiges, an das ich mich grade nicht erinnern will, kann man das dem Haushalt wahrscheinlich ansehen. Also, mein Liebesleben hat in der letzten Zeit wirklich ein par Spuren hinterlassen.

Vielleicht hat man keine Zeit zu philosophieren wenn man sich mit dem Kampf um die tägliche Existenz rumschlagen muss. Irgendwie gehört Liebe, als menschliches Kernthema wohl doch in die Bereiche von Glauben und nicht wissen. Müsste ich die Frage beantworten, ob ich mehr oder weniger Angst hätte, wenn meine Probleme philosophischer Natur wären, würde ich vermutlich lügen, ohne es zu wissen. Hätte ich keine finanziellen Probleme, würden sich meine Kinder entwickeln ohne Schwierigkeiten zu haben und wäre das Verhältnis zur Nachbarschaft mäßig bis gut, dann würde ich denken, weniger Angst zu haben. Fakt ist, dass ich den Verstand von drei Gehirnzellen bräuchte um dahinter zu kommen, dass ich viel, viel mehr Platz hätte dem Gedankengut, ob und warum und wieso grade ich... eine Aufmerksamkeit zu schenken. Vielen Menschen geht es so. Sie haben mehr Angst vor ihren eigenen Gedanken, als vor den

Dingen über die sie nachdenken. Die überstrapazierte Form, in der wir nachdenken schein auch eine Wohlstandskrankheit zu sein. Ich weiß genau, dass es mir im Grunde leicht fällt. Natürlich weiß ich, dass es schon Menschen gegeben hat, die sich in mich verliebt haben. Im Nachhinein betrachtet warfen diese Beziehungen nicht immer das was sie hätten sein sollen. In Wahrheit hatten die meisten Männer in meinem Leben, zu dem Zeitpunkt, zu dem sie meine Männer wurden vermutlich grade große Probleme. Schwer zu sagen, ob ich sie deshalb geliebt habe. Wäre es so gewesen, dann hätte es sicher einige Männer mehr gegeben. Zumindest kann man mit Sicherheit sagen, dass ich sie zumindest nicht aus diesem Grund nicht geliebt habe. Wahrscheinlich sind mir die bequemen Dinge im Leben einfach zu anstrengend. Wenn man davon absieht, dass es natürlich auch ein bisschen ungeplanten Schwund gegeben hat, habe ich es mir in meinem Leben wohl nicht so bequem eingerichtet, weil ich es so nicht haben wollte. Natürlich habe ich mir bei der Planung meiner Familie keine Gedanken darüber gemacht, in die Situation kommen zu können, irgendwann mit einigen Kindern wieder einen Partner zu suchen.

Martha

Dass Martha ein par außergewöhnliche Spezialitäten aufweist, das wissen wir seit langem. Sie war schon als Baby sehr eigen aber spätestens, als sie anfing zu sprechen wurden ihre Besonderheiten unübersehbar. „Die Kleine Präsidentin hat nen gewaltigen Schaden." kommentiert mein Bruder Carsten gerne, um an seinen besonders charmanten Tagen ein „klarer Fall, von Resteverwertung." hinterher zu schieben. Das meint er nicht mal böse, es entspricht einfach seiner natürlichen Ausdrucksform. Carsten ist ein ziemliches Rindvieh. Und dabei wären seine diplomatischen Fähigkeiten, mit einer etwas flächendeckenderen Nutzung, der vorhandenen Gehirnzellen durchaus ausbaufähig. Allerdings bleibt bis heute den meisten Menschen, spätestens nach einer halben Stunde, mit ihm die Spucke, wenn nicht gleich der Herzschlag oder die Atmung weg. Meiner Meinung nach sollten wir versuchen, auf Sauerstoffzelte Prozente zu bekommen. Carstens Mundwerk ist groß wie ein Scheunentor und besitzt das Fassungsvermögen einer mehrstöckigen Tiefgarage. Mit Sicherheit würde niemals jemand auf den Gedanken kommen, ihm übermäßiges Feingefühl zu unterstellen, worauf er auch großen Wert legt. Von Zeit zu Zeit unterdrücke ich das Bedürfnis , ihm so laut ich kann ins Ohr zu brüllen, weil ich mir sicher bin, dass der hohle Raum zwischen seinen Ohren eine hervorragende Akustik zulässt. Aber im Grunde weiß ich, dass vieles von dem, was seine ungemein anziehende Art ausmacht, doch reine Imagepflege ist. Hat man sich erst mal an seine Unarten gewöhnt, stellt man schnell fest, dass er im Grunde, im groben Durchschnitt der Menschheitsgeschichte betrachtet, gar nicht so übel ist.
Er will einfach nicht, dass das jemand mitbekommt.

Auch wenn er sich sehr darum bemüht, es sich nicht anmerken zu lassen, er liebt unsere kleine Martha heiß und innig und das weiß sie auch. Wir lieben sie alle, schließlich ist sie unser Nesthäkchen. Auf jeden Fall ist Martha wohl der einzige Mensch auf der großen weiten Welt, der sich von den Fußnoten unseres großen Bruders praktisch niemals aus der Ruhe bringen lässt. Als sie noch kleiner war, haben wir gedacht, sie könnte den Inhalt seiner Bemerkungen nicht verstehen. Er ist gerne etwas bissig und verbreitet gerne eine leicht ätzende Note, ungefähr so wie Taubenscheiße. Aber dafür ist sie eigentlich zu klug und jetzt ist sie immerhin schon sieben. Vermutlich kann sie ihn einfach sehr gut einschätzen. Darüber hinaus ist sie, mit einem unschlagbaren Selbstbewusstsein ausgestattet. Normalerweise redet sie mit ihm meistens sehr langsam und geduldig, so wie mit einem kleinen Vogel, der sich verflogen und unter ihr Bett verirrt hat, obwohl er eigentlich wissen müsste, dass er im Haus nichts zu suchen hat. Und dieser Vergleich hinkt nicht ganz so sehr, wie es auf den ersten Blick erscheinen mag. Ich würde ihn im Garten anketten. Im Gesamtbild könnte man Marthas Art und Weise mit ihm umzugehen wohl als psychologisch extrem hochwertig bezeichnen. Alles in allem scheint es ganz gut zu funktionieren, denn Carsten schafft es höchst selten mit ihr in Streit zu geraten. Um Martha müssen wir uns wirklich keine Gedanken machen.

Was unsere Mutter angeht, so ist die Angelegenheit etwas anders gelagert. Resteverwertung ist ihr absolutes Lieblingswort, zumindest in der Küche. Im Hinblick auf ihre Jüngste jedoch, kann sie diese Ausdrucksweise gewaltig übel nehmen, so gutmütig sie auch sein mag. Nachdem Carsten im letzten Jahr, für drei Monate, der einzige Sachbearbeiter der „Abteilung Energieverwaltung, Fachbereich

Resteverwertung" war, übt er sich darin, sein lockeres Mundwerk etwas besser zu kontrollieren. Zwar sind seine Texte heute so reibungsfähig wie eh und je, dafür hält er allerdings öfter mal den Mund. Schweigend kann ich ihn richtig süß finden, wenn ich meine Phantasie ein bisschen bemühe. Ich nehme an, Bratkartoffeln mit Erbsensuppe machen einfach keinen Spaß, wenn der Rest der Familie vor dem dampfenden Sonntagsbraten sitzt. Damit hat er sich wirklich nicht grade mit Ruhm bekleckert. Und dabei ist es doch so einfach. Hat man die Erziehungsgrundlagen der extrovertierten Achtziger erst mal verinnerlicht, dann weiß man eigentlich, dass es kaum möglich ist, sich mit den, aus Überzeugung frei denkenden Pädagogen, dieser Aera zu überwerfen. Vom Kiffen, bis zum tragen selbst gehäkelter Umhängetaschen, inklusive dem Schuleschwänzen, weil man grade nicht so gut drauf ist, ist praktisch alles erlaub. Schule schwänzen tageweise versteht sich. Schließlich, ich zitiere meine Mutter, brauchen Kinder Freiräume um sich selbst angemessen erfahren zu können. Außerdem, kann man ja über alles reden, was immer „können" in diesem Zusammenhang bedeuten mag. Der oft und gerne belächelte Satz. „Du, das find ich aber gar nicht gut." gehört in unserer Erziehung zur Grundausstattung. Mit den Jahren haben wir gelernt es mit Fassung zu tragen, wir haben ihn so zu sagen, als besondere Übungsfläche im Rahmen unserer persönlichen Selbsterfahrung genutzt. Richtig schlimm ist das ständige diskutieren und „mal drüber reden" eigentlich nicht, auch wenn es in unserem Freundeskreis als ständige Quelle schadenfroher Begeisterung her gehalten hat. Zumindest haben wir keine bleibenden Schäden davon getragen, wenn man von Carsten mal absieht. Und selbst der ist nur halb so schlimm, wie er vorgibt. Im Grunde ist unsere Mutter schon ganz in Ordnung. Wir nennen sie Ella, aber eigentlich heißt sie Manuela. Wir haben unsere Eltern immer beim Vornamen genannt. Ella und Klaus. Als ich eingeschult wurde, habe ich es mal eine Weile mit Mama und Papa versucht, aber nach ein par Tagen habe ich meinen Testflug wieder eingestellt. Die Kommunikation wurde einfach zu anstrengend, man könnte sagen, meine schulischen Leistungen haben darunter gelitten. Sie ist eben einfach ein bisschen speziell unsere Ella. Vielleicht sollten wir das Spezial-Gen unserer Familie für die Wissenschaft zur Erforschung frei geben. Gut möglich, dass sich damit richtig Geld verdienen ließe. Wie dem auch sei, ich denke sie kann nichts dafür.

Als sie sich allerdings zum Jahrtausendwechsel entschieden hat, die bunt gestreiften Oberlix- Jeans und ihre ständig Henna gefärbten Haare nicht mit ins neue Jahr Tausend zu nehmen, waren wir trotzdem ganz schön erleichtert, ja beinahe ein bisschen glücklich.

Richtig unangenehm wird Ella eigentlich erst, wenn sie nichts mehr sagt. Dann kann man wirklich nicht wissen, was als nächstes passiert. Auch nicht was es zu essen gibt. Gott sei Dank ist sie mit Klaus verheiratet, der steckt so ziemlich alles weg. Vermutlich weil ihm das meiste gar nicht richtig auffällt. Immerhin ist er der einzige Mann den ich kenne, der ohne zu murren Ginseng-Kuchen isst. Man könnte sagen Klaus ist mehr der meditative Typ. Im Grunde macht er den Eindruck, als wäre sein ganzes Leben eine große meditative Pause, die ab und an von rettenden Gedanken durchbrochen wird. Zum Glück, denn wenn unsere Mutter einmal in Wallungen ist, kann man schon Angst bekommen, dass sie mit ihrem Klärungsbedarf versehendlich das Haus abbrennt. Dann bleibt wirklich kein Stein auf dem anderen. Eins jedenfalls steht fest, mit unserem achtzehn Jahre verspäteten Nachzüglerchen, lässt sie sich nicht gerne aufziehen. Ich hatte ein bisschen das Gefühl, dass sie

Carstens Scherze über „**Zombiesex**" und Fragen wie: „Hat es Euch in den letzten Zügen doch noch mal im **Koma** überkommen?" nicht wirklich zum Lachen findet. Von Fall zu Fall musste ich schon ein bisschen schmunzeln, was ich mir dann aber vorsichtshalber verbissen habe. Schließlich macht man sich über die Leiden anderer nicht lustig. Carsten hat auf diese Art, lange nach seiner Prägungsphase, dann ja doch noch etwas von der versäumten Erziehung abbekommen, was ihm sicher nicht schaden kann. Wenn er seinen Charme weiter so freigiebig versprüht, wird er wohl bei der ersten Frau weit älter sein, als unsere Eltern bei ihrem letzten Kind zusammen waren. Aber darin, sagt er, sieht er kein Problem. Er behauptet, er müsse Frauen so behandeln, damit sie nicht alle süchtig nach ihm werden. Ich habe auf jeden Fall den Verdacht, dass es nicht unsere kleine Martha ist, die den gewaltigen Knall hat. Im Grunde macht er sich wohl zur Zeit nicht viel aus Mädchen. Das kann sich ja noch irgendwann ändern. Diesen Verdacht hätte sie auch schon gehabt, hat Ella dazu gesagt. Dieses Mal musste ich ihren Redefluss wirklich stoppen, denn da wurde es echt zu eklig. Solche Gespräche führt man mit der eigenen Mutter maximal ein Jahr seines Lebens und dann nie wieder. Was die sehr privaten Körperteile meines Bruders angeht, will ich auf keinen Fall, all zu viel hören und ich will mir nichts von dem was man damit machen könnte, vorstellen müssen, weder auf die eine noch auf die andere Art. Sonst bekomme ich noch Alträume. Außerdem nehme ich an, dass er das wesentliche Inventar im Umgang mit anderen Jungs nur für zwei Dingen benutzt: Zum Angeben und zum Weit spucken.

Im Hinblick auf Beziehungsthemen haben Männer viel mehr Zeit als Frauen. Immerhin hat Charlie Chaplin noch mit über achtzig Nachwuchs gezeugt. So lange er dann noch eine abkriegt, die eine Weile zeugungsfähig ist, ist doch alles in bester Ordnung. Zum momentanen Stand der Dinge ist die Überlegung allerdings mehr als fragwürdig.

Mit Martha ist alles irgendwie anders. Martha ist resistent. Resistent gegen Carstens Sprüche, resistent gegen Mutters Erziehung, gegen makrobiotische Spagetti und gegen das Vormittagsprogramm. Überhaupt gegen alles, sogar gegen Krankheiten. Egal was grade rund geht, mehr als einen kleinen Schnupfen hat sie noch nie bekommen, obwohl sie so gut wie ungeimpft ist. Ella hält nichts vom Impfwahn, sagt sie. Am Ende wird man vom Impfen kranker, als einen die Kinderkrankheiten je machen könnten. Ich glaube, Martha bekommt keine Kinderkrankheiten, weil sie sie sich nicht ausgesucht hat. Das „Aussuchen" ist ihre übliche Vorgehensweise. Sie denkt sich etwas aus, das beschließt sie dann und so wird es sein. Das macht sie schon immer so. Ich habe noch nie gesehen dass es schief gegangen wäre. Wir nennen dieses Verfahren „maximale Beugekraft". Maximale Beugekraft ist wichtig, wenn man immer die Kleinste ist, man geht sonst sehr schnell unter. Ich bin sicher, hätte sie sich Masern gewünscht, hätte sie Masern längst gehabt. Wahrscheinlich für mindestens zehn Monate.

Als Martha auf die Welt kam, habe ich mich schon irgendwie gefreut. Auf der einen Seite kam mir ihr großer Altersunterschied zu Carsten und mir schon etwas merkwürdig vor. Auf der anderen Seite, fand ich es ganz gut mir dieses ganze Babyding mal live angucken zu können, ehe ich selbst irgendwann anfange. Man muss eben informiert sein. Ob Martha allerdings wirklich das geeignete Übungsfeld war, da bin ich mir nicht ganz sicher. Ich kann mir nicht vorstellen, dass sie das typische Durchschnittsbaby war. Als sie sieben Monate alt war habe ich mal auf sie aufgepasst, weil Ella zum Arzt musste. Weil sie grade Zähne bekam hat sie, die ganze Zeit, gebrüllt wie am Spieß. Als es mir zuviel wurde, habe ich sie angeschrieen: „Wer bist Du eigentlich, dass Du hier so rumheulst?" Dann hat sie aufgehört zu weinen. Sie hat mich angeguckt und gesagt: „Ich bin ich Lapet." Lapet dass bin ich, bis heute. Elisabeth, das ist leider mein Name. Wie grade meine Mutter auf dieses Stock konservative Pferd gekommen ist, dass ist mir unbegreiflich. Vermutlich bin ich nach irgend einer großen Frauenrechtlerin benannt, aber das weiß ich nicht genau, ich habe mich nie getraut, sie danach zu fragen. Nach dieser Veranstaltung war Ella Wochen lang völlig begeistert von unserem Wunderkind. Sie hat vor lauter Begeisterung sogar vergessen sauer auf mich zu sein, So aus dem Häuschen war sie. Man schreit Kinder nicht an, es stört ihre Fähigkeit zur Informationsverarbeitung. Dass Kinder in diesem Alter zwischen ich und du unterscheiden können, sagt sie ist völlig unnormal. Ich bin sicher, da wird sie Recht haben. Die einzige Konsequenz, den dieser frühe Disput mit meiner kleinen Schwester für mich hatte besteht darin, dass ich sie nie wieder angeschrieen habe. Bis heute nicht. Zum einen ist es nicht nötig, zum anderen würde die Brüllerei mich sicher mehr nerven als sie. Will man bei Martha was erreichen, dann versucht man es am besten mit „Bitte" und „Danke". Auf alles andere reagiert sie leicht stur. Sie ist Hobby- Stoikerin.

Mit einem unserer Onkels hat sie das erste Wort gewechselt, als sie grade sieben wurde und das obwohl er mindestens drei Mal die Woche zum Kaffe trinken rein schaut. Albert, so heißt er, war daraufhin so erstaunt, dass sie wirklich ihn gemeint hat, dass er ihr wohl am liebsten eine Jacht in der Südsee geschenkt hätte. Aber natürlich war sie noch zu klein für den Bootsführerschein. Früher war es normal, dass

Martha mit manchem Menschen einfach nicht redet. Mit ihrer Grundschullehrerin hat sie im ersten Schuljahr auch nicht gesprochen. Ich glaube, sie mochte sie nicht besonders. Es war gar nicht so einfach, ihr klar zu machen, dass man mit seinen Lehrern praktischerweise reden sollte. Ob sie das am Ende doch noch eingesehen hat, weiß ich nicht, denn wirklich viel genützt haben diese Gespräche eigentlich nicht. Erst als die Untersuchung beim Schularzt anstand, weil die Lehrerin den Verdacht aufwarf, das Kind könne gar nicht reden, habe möglicherweise einen geistigen Defekt und deshalb keine biologische Grundlage, das Sprechen, oder Schreiben je zu lernen, hat sich was geändert. Das wollte sie sich sicher kein zweites Mal sagen lassen. Zwei Wochen später konnte sie schreiben und zwar alle Buchstaben, nicht nur diese die ihre Mitschüler auch schon kannten. Martha zu sagen, dass sie etwas nicht kann ist grundsätzlich eine eher schlechte Idee. Sie kann es einfach nicht leiden wenn sie etwas nicht kann, was ich ganz gut verstehe, denn mir geht es genauso. Allerdings habe ich weniger Biss. Wenn man es den arbeitsam schätzt, dann sollte man Martha einfach sagen, dass sie zu klein, für etwas ist . Ich bin sicher sie wird es können und zwar sehr bald und auf jeden Fall besser. Carsten hat es ausprobiert. Nachdem er ihr erzählt hat, sie sei noch zu klein um mit ihm am Computer Autorennen zu fahren hat sie eine Woche am Stück geübt. Davon ließ sie sich nicht mal von Ellas pädagogischen Ansätzen abhalten. Seit dem hat er es nie wieder geschafft gegen sie zu gewinnen. Danach hatte er die gute Idee ihr zu erzählen, sie sei noch zu klein eine Doktorarbeit zu schreiben, aber das hat Ella ihm verboten. Obwohl ich glaube, dass sie mit einer Doktorarbeit über das Sozialverhalten der Affen ganz gutes Anschauungsmaterial gehabt hätte.

Was immer man sagen kann, langweilig wird es mit Martha nicht. Aber richtig Umdrehungen hat unser Familienleben erst seit dem Tag, an dem Johny, die Katze unseres Nachbarn tot von unserem Apfelbaum fiel.

Wir waren alle im Garten, um der unangenehmen Seite der Erziehung, zu „wirklich frei denkenden Menschen", nach zu kommen. Gartenarbeit.

„Ist ja wie im Kommunismus." maulte Carsten, „wären wir eine wirklich gleichberechtigte Familie, dann würdest Du mir die freie Wahl zur Anarchie überlassen und ich könnte weiter schlafen." Ella, die mit hoher Wahrscheinlichkeit angesprochen war, überhörte ihn einfach. Sie half Martha grade, in ihre, mit Tigerfell und Gänseblümchen überzogenen Gummistiefel. Sehr stylisch. Plötzlich fiel Johny einfach vom Baum. Seine Augen waren geöffnet und die Zuge hing ihm leicht aus dem Maul. An dem ungewöhnlichen Winkel, in dem sein Kopf nach hinten gebogen war, konnte man erkennen, dass hier vermutlich nicht mehr viel zu machen war. Wir standen da und schauten abwechselnd den Kater, den Baum und uns an. Wir waren so erstaunt, dass keiner so genau wusste, was er sagen sollte, bis Marthas süßes Stimmchen sich erhob und der Baumkrone entgegen zwitscherte: „Danke Jack." Dann drehte sie sich um, griff sich die kleine Harke vom Tisch und stapfte in Richtung Holunderstrauch. Martha liebt den Holunderstrauch. Von außen sieht er schrecklich dicht aus, aber in seinem Inneren befindet sich eine große Höhle, ähnlich hohl wie Carstens Schädel. Sie ist also leichtest groß genug, dass Martha in ihrem Inneren aufrecht stehen kann. Da wir immer noch nicht wussten, was wir mit der Situation anfangen sollten und keiner so richtig Lust hatte dem Nachbarn die frohe Botschaft vom Ableben seines Mausmähers zu überbringen, ließen wir Johny erst mal liegen und taten es Martha nach. Es wird ihm nicht viel ausgemacht haben und sollte er sich noch irgendwo nahe seines Körpers aufgehalten haben, konnte er mittels seines verdrehten Schädels die Welt wenigstens mal aus einer ganz neuen Perspektive betrachten. Häufige Perspektivenwechsel, sagt Ella immer „sind wichtig für die Psychosoziale Entwicklung."

Und natürlich wollte keiner von uns schuld daran sein, dass Johny völlig verstört ins Jenseits gehen muss. An diesem Samstag erledigten wir unsere Gartenarbeit verdächtig schweigsam. Zur Abwechslung hielt sogar Carsten mal die Klappe. Trotzdem lies das Thema uns keine Ruhe.

Alles rief laut nach Klärung. Deshalb lenkte Ella nach dem Abendessen, so unauffällig wie es nur ihr möglich ist, eine ihrer gefühlvollen pädagogischen Gespräche ein. Genauso gut, hätte sie es auch auf der Titelseite der Tageszeitung drucken lassen können:

„Jack gesucht!!!

Transparenter Katzenkiller, verursachte am Nachmittag Verkehrschaos im Biogarten. Kater vom Apfelbaum in den Selbstmord getrieben. Alle Maulwurfstunnel gesperrt. Hinweise aus der Bevölkerung werden erwünscht. Wer hat Jack auch nicht gesehen?"

Ella legt sehr viel Wert auf Marthas Fantasien, weil deren Förderung wichtig für das lösungsorientierte Denken ist. „Wie heißt Dein Freund aus dem Garten?" fragte sie ganz nebenbei, so als wüssten nicht alle beide genau, dass sie sich natürlich daran erinnerte. Martha ignorierte die kleine Ungereimtheit gnädig, legte anstandshalber den Kopf schief und lauschte einen Moment. Ich hielt den Atem an und tat das gleiche. Um ehrlich zu sein habe ich nichts gehört, bis Martha antwortete: „Jack. Er heißt Jack."

Aus dem Wohnzimmer kam ein verdächtiges Knacken, das darauf schließen lies, dass Carstens Füße verbotener Weise auf dem Wohnzimmertisch lagen. „Der Ripper?" hörten wir die Stimme, zu den Füßen, ebenfalls aus dem Wohnzimmer. Ich hatte grade den Mund für eine giftige Parade geöffnet, denn dass er nie die Klappe halten kann ärgerte mich gewaltig. Auch Ella hatte hoch alarmiert die Augen aufgerissen. Schließlich gehört Jack the Ripper nicht grade ins Kinderprogramm. Ella legt großen Wert auf kindgerechte Unterhaltung weil dadurch das Urvertrauen gestärkt wird. Aber in diesem Moment legte Martha wieder den Kopf schief und unsere Neugierde siegte eindeutig über den Willen zum Protest. Sie lauschte andächtig, dann nickte sie. Wieder hielt ich die Luft an, auch wenn ich die Hoffnung etwas zu hören aufgegeben hatte. Martha besitzt großes Talent darin Menschen in Erstaunen zu versetzen. Man weiß nie, was ihr als nächstes einfallen wird.

Wir hindern ihre spontanen Begeisterungsausbrüche niemals. Sie fördern den natürlichen Zugang zu menschlicher Kommunikation, sagt Ella.

Nachdem sie zu Ende genickt hatte sagte Martha: "Nein, so heißt er nicht. Er heißt einfach nur Jack." Mit einem leisen Pfeifen atmete ich aus. Auch Ellas Gesichtsausdruck entspannte sich und die Hoffnung dass jetzt doch noch alles gut werden würde, hing fühlbar im Raum, bis die uns allen bekannte Stimme aus dem Hintergrund, die entscheidende Frage stellte: „...und warum hat er dann die Katze abgemurkst?" Das war zuviel. Ella zuckte zusammen, sprang mit einem Satz auf und startete los, in Richtung Wohnzimmertür um kurz darauf mitten in der Küche stehen zu bleiben.

Sie sah aus als hätte sie vergessen, was sie eigentlich tun wollte, denn es war Martha die vor ihr aus der Haut fuhr. „Aber das hat er doch gar nicht." schrie sie und brach in lautes Weinen aus. „Sie hat sich oben in einem Ast erhängt und er hat sie nur runter geworfen, damit wir sie finden können." An diesem Abend aß Carsten Bratkartoffeln mit dem Spinat vom Vorabend. Dass der Spinat kalt war, war nicht Ellas Schuld. Es lag nur daran, dass man Spinat nicht aufwärmen darf. Ich schlief mit einem seeligen Lächeln auf den Lippen ein. Ich war mir ziemlich sicher, dass auch Carstens versöhnliche Bemerkungen über die Geschmacksqualität von kaltem Spinat und die Idee sich mal wieder etwas gesünder zu ernähren, keinen Einfluss auf seinen Speiseplan für die kommenden Tage haben würden.

Als ich am nächsten Tag nach hause kam, war es im Haus ungewöhnlich still. Das Wohnzimmer war leer und verhältnismäßig aufgeräumt. Dort wo normalerweise Martha in einer riesigen Landschaft aus Papier und Wachsmalstiften liegen müsste, fanden sich nur ein par einsame Brötchenkrümel vom Frühstück auf dem Teppichboden. Nicht mal ein einziger Buntstift lag auf der Erde. Ella saß in der Küche in ihrem Lieblingsstuhl, auf ihrem Schoß eine Autozeitung vom letzten Monat und beobachtete den Flieder im Vorgarten, so als wäre sie im Laufe der letzten Nacht sehend geworden und beobachtete nun „Jack", wie er an den Ästen des Strauchs komplizierte Turnübungen veranstaltete. Ich glaube, sie hatte nicht mal ihren Schlafanzug ausgezogen, aber das war bei Ellas Kleidungsstil ohnehin immer etwas schwer einzuschätzen. Mein stimmungsaufhellendes „Hallo" beantwortete sie erst gar nicht. Auf die Frage „Wo ist denn Klaus?", folgte nur ein einsiliges „bei Paul.". Paul ist ein alter Arbeitskollege von Papa, der ständig hilfsdürftig ein kompliziertes technisches Problem zu bewältigen hat. Zwar hat Klaus auch keine besonders

24

weitreichenden technischen Kenntnisse, aber eben die Ruhe weg. Sollte sich, die an sich deutsch verfasste Gebrauchsanweisung für den neuen DVD Player eher lesen, wie eine transylvanische Grabrede, dann ist er sicher der richtige Mann. Außerdem besitzt er das große Talent, den schiefsten Weihnachtsbaum grade aufzustellen. Überhaupt ist es wohl das Talent, das uns zu einem überlebenden Gefüge macht.

Weihnachten muss reibungslos laufen, sonst wird Ella zum Tier. Ich könnte ihn an die Wand klatschen, wenn er auf Heilig Abend morgens, in seiner endlosen Ruhe, erst mal einkaufen geht, um dann noch schnell ein par wichtige Dinge zu erledigen. Ich bin sicher, sollte es irgendwann so weit kommen, dass um fünfzehn Uhr die Tanne nicht steht, dann werden wir alle tot sein. Aber so weit ist es bis heute Gott sei Dank noch nie gekommen. So langsam kann ja auch kein Mensch sein.

An diesem Nachmittag hing der Haussegen schief und davon eine Menge.

Im Grunde hatte ich keine Lust, mich mit weiteren Fragen, aufs Glatteis zu begeben. Auf der anderen Seite ist es zur Verhinderung von Katastrophen wichtig, sich einen guten Überblick zu verschaffen. Also fragte ich ganz unauffällig und sehr leise: „Und Martha und Carsten?"

Ella riss den Blick vom Flieder los und blätterte ein par Seiten in ihrer Zeitung weiter. Wäre es nicht viel zu gefährlich gewesen, hätte ich laut gelacht. Ella würde Autozeitungen nur dann lesen, wenn Autos aus handgesponnener Wolle gefertigt und mit Traubenkernöl betrieben würden. Natürlich ist es auch für sie viel praktischer mit dem Auto einkaufen zu fahren, schließlich sind wir fünf Personen, aber ich glaube das Fabrikat unserer Familienkutsche kennt sie nicht wirklich. Vermutlich erkennt sie ihn mehr an seiner Farbe und an Marthas pinkem Regenschirm auf der Hutablage. Es dauerte einen Moment, bis sie sich zu einer Antwort durchringen konnte. „Martha ist in ihrem Zimmer." sagte sie. Spätestens jetzt wurde die Entscheidung weiter zu fragen, zu einem ausgewachsenen Gewissenskonflikt. Wenn man wissen will, ob ein häuslicher Konflikt irreparable Schäden verursacht hat, dann muss man in jedem Fall wissen, was Ella denkt. Sie ist unser meinungsbildendes Organ. Dass sich daran nicht viel geändert haben wird, wenn ich eines Tages Enkel haben sollte, habe ich mich schon gewöhnt. Die Möglichkeit aus purer Unbedarftheit die falsche Frage zu stellen, besteht. Man irrt sich schnell mit Häusern, in denen grundsätzlich alles thematisiert wird. Deshalb wird noch lange nicht über alles geredet. Die Entscheidung, ob man wirklich mehr wissen will oder vielleicht einfach einen besseren Zeitpunkt abwartet, ist eine Gefühlsfrage. Es gibt keine Anhaltspunkte für die richtige oder falsche Entscheidung. Sie hat mehr mit Glück oder Unglück zu tun. Ich hatte Glück, großes Glück, denn ich musste keine weitere tragende Entscheidung treffen. Ella antwortete dieses Mal freiwillig, ohne sich noch einen weiteren Wurm aus der Nase ziehen zu lassen. Sie sagte: „Dein Bruder schmort im Fegefeuer." Das war Auskunft genug, mehr musste ich nicht wissen. Wirklich, Carsten konnte nichts dafür, es muss daran liegen, dass er als Kind zu wenig mit Wachsmalstiften gemalt hat. Das hätte seine Fähigkeit zum differenzierten Denken maßgeblich gefördert. Der Kandidat hatte die volle Punktzahl erreicht. Der Trottel hat den Christbaum umgetreten.

Ich stellte meine Tasche im Flur neben den Schirmständer und machte mich auf die Suche nach Überlebenden. Häuser sind unheimlich, wenn die gewohnten Geräusche fehlen, auch wenn sie noch nicht so alt und keine besonders lauten Häuser sind.

Stille Häuser sind Kleider, in denen keine Menschen stecken. Plötzlich bleibt so viel Platz für Unheimliches, auch wenn sich offensichtlich gar nichts ereignet. Auf der Mitte der Treppe etwa, hörte ich dann doch etwas. Zuerst dachte ich Marthas merkwürdiges Talent hätte doch noch auf mich abgefärbt, denn dieses Geräusch gehörte wirklich nicht in unsere Haus. Es hörte sich an wie das leise Schaben einer Katze, die vor einer Türe steht und reingelassen werden will. Ich blieb stehen um einen Moment zu überlegen. Wir haben keine Katze. Als ich das letzte Mal ein ähnliches Geräusch im Haus gehört habe, hatten wir eine Ratte im Keller. Allerdings sind Ratten scheue Tiere und die wenigstens von ihnen sind dumm genug, sich gleich im ganzen Haus auszubreiten. Ich überdachte Ellas Hang, zu naturbelassener und biologisch ausgerichteter Küche und beschloss, dass es sich bei dem Verursacher des Kratzens nicht um eine Ratte handeln konnte. Jede kluge Ratte würde zu den Nachbarn gehen, bei uns gibt es entschieden Nichts zu holen. Dann kam mir ein fürchterlicher Gedanke. Erst „Jack" und dann auch noch „Johny" das war wirklich zu viel. Sollte „Johny" sich entschlossen haben, die lange Zeit nach seinem Ableben auch noch bei uns einzuziehen, dann würde es höchste Zeit ein Vertrauensvotum einzureichen. Das war wirklich zu viel. Sollte Johny sich entscheiden, jetzt also doch noch nicht seiner Wege zu gehen, dann sollte er gefälligst in den Haushalt ziehen, in dem er auch gelebt hatte. Ich hatte entschieden keine Lust auch noch ständig auf zu passen, dass ich nicht auf eine feinstoffliche Katze trete, wo man doch schon immer so gut aufpassen musste Martha nicht zu treten, die ständig irgendwo auf der Erde liegt. Auch wenn Johny bei uns in den Betten liegen durfte, während er in seinem eigenen Zuhause aufs Sofa oder ins Katzenkörbchen musste. Möglich, dass er verärgert war, denn die Nachbarn dachten bereits über eine neue Katze nach.

Zumindest war meine Überlegung nicht ganz falsch, denn als ich einen Blick um den oberen Treppenabsatz warf, sah ich meinen Bruder Carsten. Er kniete vor Marthas geschlossener Zimmertür in Mitten ihrer Wachsmalstiften. Einen kleinen verboten bunten Block Papier vor sich, auf dessen Blätter er abwechselnd Herzchen, lächelnde Gänseblümchen oder weinende Sonnen malte. Mir scheint, der Junge ist ausbaufähig. Die Zettel faltete er zwei mal, um sie dann unter Marthas Türe durch zu schieben. So weit ich das ganze beurteilen kann, kamen die meisten mit erheblichem Schwung zurück. Einige nicht. Die Gänseblümchen haben ihr wahrscheinlich zu gut gefallen. Sie hatte ihre Zimmertür nicht nur geschlossen, was für Martha ungewöhnlich ist, sie mag keine geschlossenen Türen. Sie sagt, sie hat in geschlossenen Zimmern zu wenig Platz zum Atmen. Außerdem hing an ihrer geschlossenen Tür ein großes Pappschild mit der Aufschrift „geh weg/ sei still". Das Schild erteilte deutlich Auskunft darüber, wie lange und vor allem tief hier über den Boden gerutscht werden musste, ehe es Sinn machte ein Gnadengesuch einzureichen. In mancherlei Hinsicht ist Martha unserer Mutter wirklich ähnlich. Wenn ich mal groß bin, will ich auch so durchsetzungsfähig werden.

Vorsichtig stieg ich über Carsten hinweg, der mir in diesem Moment, schon fast ein bisschen leid tat. Er machte ein Gesicht als wäre er bei dem vergeblichen Versuch einen Herztoten wieder zu beleben gescheitert, könne sich aber von dem Versuch an sich nicht wirklich trennen. Hätte ich etwas für ihn tun können, dann hätte ich es bestimmt getan. Immerhin ist er mein Bruder und außerdem herrscht in unserem Land Meinungsfreiheit, die sollte doch etwas wert sein. Leise klopfte ich an die Türe und flüsterte „Ich bin`s." Antwort bekam ich auch diesmal keine. Statt dessen zischte Marthas Stimme viel weiter unten durch das Türblatt: „Sag, es tut mir leid Jack." Carsten rollte die Augen, informierte mich kurz und leise: Das geht jetzt seit zwei Stunden so." und wiederholte die heiligen Worte

„Es tut mir leid Jack.", „Bestimmt werde ich es nie wieder tun." und vielleicht können wir ja Freunde werden.". Ich ging in mein Zimmer und warf mich mit einem Buch, das ich schon seit Wochen lesen wollte aufs Bett. Im Flur hörte ich meinen Bruder weiterhin Abbitte leisten: „Nein, das habe ich natürlich nicht von Dir gedacht Jack. Ich habe nur Spaß gemacht. Nie wieder werde ich so unfreundlich sein. Natürlich darfst Du manchmal meinen Schreibtisch benutzen." Von Zeit zu Zeit fragte ich mich ernsthaft, ob dieser hartnäckige Forderungsplan wirklich von Jack stammen konnte. Einige der Punkte erweckten den Eindruck, als könnten sie sehr gut, von Martha stammen. Trotz Carstens hundertprozentiger Zugeständnisse, zogen sich die Verhandlungen zähflüssig dahin und ich musste zugeben, dass Martha mit wirklich harten Bandagen kämpfte. Irgendwann nach weiteren zwei Stunden, muss ich eingeschlafen sein. Ich bin sicher, mit mir hätte sie das nicht gemacht. Manchmal bin ich wirklich froh eine Frau zu sein.

Bis zum Frühstück hatte sich die Situation entspannt. Wie das passiert ist weiß ich nicht, denn ich habe den Rest des Tages verschlafen. Es interessierte mich auch nicht wirklich. Man muss nicht alles wissen. Ella stand mit einer Tasse Kardamonkaffe in der Hand vor der Spüle und beobachtete Carsten und Martha, die gemeinsam am Frühstückstisch saßen. Während Carsten sich redlich bemühte ihr ein Marmeladenbrötchen so zu schmieren, dass er nicht Gefahr lief aufs neue ihren Unmut zu erregen. In manchen Situationen bewegt man sich sehr vorsichtig, das hatte mittlerweile also auch Carsten verstanden. Zumal schlecht geschmierte Marmeladenbrötchen, in den Ecken, schnell Staub trocken sind. Martha beobachtete ihn mit Argusaugen, eben wegen der trockenen Ecken und brachte nebenher die Frühstücksunterhaltung in Gang. Sie wolle, verkündete sie, Jack heute mal mit in die Schule nehmen, damit ihre Lehrerin ihn auch mal kennen lernen könne. „Muss Jack nicht auch in die Schule?" fragte Klaus und sah von seiner Zeitung auf. Offensichtlich hatte er von dem Erdbeben, das seine Familie heimgesucht hatte wirklich nichts mitbekommen. Unfassbar, wie unterschiedlich menschliche Wahrnehmung funktioniert. An Klaus prallen Informationen, die Stunk bedeuten einfach ab. Carstens Gesichtsausdruck vermittelte, betont erfreute Zustimmung, hat er bestimmt von Ella gelernt. Positive Unterstützung fördert die emphatische Kompetenz. Fast hätte ich mich in den Fettnapf gesetzt, jetzt nach dem Carsten die Dinger so weich gespült umschiffte. Es lag mir schon auf der Zunge zu antworten, dass Jack vermutlich seit fünfhundert Jahren keine Schule mehr besucht. Statt dessen schob ich mir ebenfalls ein Stück Brötchen in den Mund. Ella schaute leicht besorgt in die Runde und teilte mit, dass sie die Idee gar nicht so gut fände. In der Schule fand sie, sollte Martha sich lieber auf den Unterricht konzentrieren. Jetzt rollte Martha die Augen und erhob laut Widerspruch. Die Frage ob Jack mit in die Schule gehen würde oder nicht beschäftigte mich weniger. Es war davon auszugehen, dass er weder den Unterricht stören würde, noch einen notwendigen Stuhl blockieren. Um Marthas Leistungen musste man sich keine Sorgen machen.

Jack dagegen interessierte mich sehr. Ich fragte mich, wer Jack wohl war. Martha kaute mittlerweile seelig auf ihrer himbeerroten Brötchenhälfte und schien in eine angeregte Unterhaltung mit Jack vertieft zu sein, denn sie nickte oder schüttelte den Kopf ständig. Ich setzte mich an den Tisch und beobachtete sie. Carsten tat das selbe. Genauso wie ich hätte er wohl gerne an der Unterhaltung der beiden teil gehabt. Aus dem Wohnzimmer drangen die gedämpften Stimmen unserer Eltern, die darauf schließen ließen, dass Klaus grade ausführlich über Jack aufgeklärt wurde. „Ist Jack ein Mensch?" fragte ich Martha, als die Neugierde gesiegt hatte. Martha antwortete spontaner als erwartet. „Natürlich ist er das, was soll er sonst sein?" Jetzt mischte sich Carsten auch ein. „Na ja," bemerkte er mit einem entschuldigenden Seitenblick, „er könnte auch en Kobold sein, oder so." Wir schauten Martha an, die wiederum Jack anschaute. „Jack sagt," informierte sie uns, „dass er noch nie einen Kobold gesehen hat." Ich war wirklich erstaunt. Jack war der erste Geist, der mir begegnete, der nicht an Kobolde glaubt. Zumindest war es das was ich glaubte, denn genau genommen ist mir noch nie ein Geist begegnet und ich hatte auch keine Ahnung was Geister denn so glauben. Trotzdem kam es mir merkwürdig vor, dass ein Unsichtbarer nicht an andere Unsichtbare glaubt. Richtig verzwickt wurde die Angelegenheit allerdings erst, als Martha mit der Schulter zuckte und mitteilte, vermutlich würde sie Jack heute wohl doch zuhause lassen, denn wahrscheinlich könne er ihre Lehrerin gar nicht sehen und das könne dann doch ziemlich langweilig werden, für ihn. Auf diesem Weg erfuhren wir, dass Jack weder Ella noch Klaus sehen konnte, auch nicht unsere Nachbarn. Überhaupt schien es als könne Jack im Gesamtbild nur ganz wenige Menschen sehen und die meisten sagte Jack, reden so wieso nicht mit ihm. Ich versuchte mir vorzustellen, dass es Wesen geben konnte, die uns als unsichtbar und gar nicht existent betrachteten und fragte mich ernsthaft, ob das möglich sein konnte. Bei dem Gedanken, dass sich in unserem Haus vielleicht die unterschiedlichsten

Geschöpfe stapelten ohne davon zu wissen und das es sich am Ende dabei nicht mal wirklich um unser Haus handelte, schwirrte mir der Kopf kräftig. Manche Gedanken vereinfachen das Leben wirklich nicht. Sie sind äußerst unpraktisch und wirklich nicht besonders hip. Trotzdem kommt man nicht drum rum, sie sich zu machen und sich irgendwann eine Meinung zu bilden, vor allem dann nicht wenn man mit Martha unter einem Dach lebt. Als Kind habe ich mich oft gefragt, woher ich mir sicher sein soll, dass ich nicht einfach eine Figur in einem Buch bin. An dieser Stelle hat sogar Ellas Pädagogik kläglich versagt. Sie hat nur gesagt: „Dass ist doch Blödsinn, natürlich sind wir keine Romanfiguren." Am Ende hat mir Klaus weiter geholfen. „Wenn wir," hat er gesagt „nur Figuren aus einem Buch sind, dann kann uns das eigentlich egal sein, denn wir werden es nie erfahren. Und wenn Du eine Romanfigur bist, dann bist Du die Heldin und es wird ein wundervolles Buch sein." Danach war mir der Gedanke nicht mehr so unheimlich, er hat mir ganz im Gegenteil sogar recht gut gefallen. Spannender Weise bin ich dahinter gekommen, dass sich wirklich viele Erwachsene diese Frage als Kind irgendwann gestellt haben. Aber keiner den ich je getroffen habe, hat jemals eine so gute Antwort darauf bekommen, wie ich. Dafür hat Ella mich bühnenreif aufgeklärt. Ich kann mich nicht erinnern, dass sie je eine Frage ausgelassen hat.

Jack war ein Kind erfuhren wir. Kleiner als ich sagte Martha. Wie alt er war wusste sie nicht, denn Jack wusste es auch nicht. „So alt bis hier" sagte sie und hielt sich die flache Hand an die Schulter. Carsten und ich schauten uns entsetzt an. „Er ist noch klein." stellte ich fest und Carsten fügte hinzu „...und ganz alleine." Als wir das Haus an diesem Tag verließen hätten wir beide heulen können, denn es war der Tag, an dem der kleine Jack anfing uns das Herz zu brechen. Carsten war so besorgt um den Kleinen, dass er anbot ihn mit zur Arbeit zu nehmen. Natürlich nur, wenn ihm dort nicht zu langweilig sein würde. Aber Martha sagte, Jack ging in ihrer Abwesendheit zum Spielen in den Garten. „Das geht schon klar." meinte sie. In den nächsten beiden Wochen folgte unser Familienleben anscheinend dem üblichen Gang. Aber unter der Oberfläche war alles anders. Ella beschäftigte sich mit der Frage, wie sie Marthas Fantasie am besten fördern konnte. Klaus beschäftigte sich mit der Frage in welcher Farbe er die Garage streichen sollte und in welcher Ecke des Zimmers Marthas, längst versprochenes, Hochbett am besten passen würde. Carsten und ich beschäftigten uns dem Sinn des Lebens,, der Frage warum Menschen so unterschiedlich sind, die Welt so voreingenommen funktioniert und dem wesentlichsten aller Themen, nämlich dem, wie es sein kann dass ein höchstens Fünfjähriger völlig alleine ist und was man dagegen unternehmen kann. Schließlich konnten wir nicht einfach zur Polizei gehen und seine Eltern suchen lassen. Diese Überlegung kann einem sicher sehr merkwürdig vorkommen und schließlich passt sie nicht wirklich in unsere Weltanschauung, aber wenn man jemanden so erlebt, wie wir mit der Weile, Jack durch Martha erlebt haben, so liebevoll, so klein und so schutzlos, dann fängt man an sich über unwesentliche Fragen hinweg zu setzen, zum Beispiel die Frage ob er einen Körper hat. Eins war klar, Etwas an Jack war unvermeintlich und einfach nicht in Frage zu stellen. Zum Beispiel war Jack ein hervorragender Dinge Finder. Was immer ein Mensch vermissen konnte, Jack fand es, auch diese Dinge, auf die Martha an sich keinen Zugriff hatte. Einmal behauptete er, dass der alte Ehering, den Klaus zwei Jahre vor Marthas Geburt verloren hat, noch im Waschbeckenknie hängt. Das hat damals ein riesiges Theater gegeben. Sie haben es nie so deutlich gesagt, aber ich glaube, Ella hat gedacht, Klaus hätte sie betrogen. So lange ich denken kann war es das einzige Mal in unserem Leben, dass gleich die ganze Familie mit Nahrungsmitteln misshandelt wurde. Das konnte Martha nicht wissen, weil sie ja noch nicht auf der Welt war. Ella gab keine Ruhe, bis Klaus das Ding auseinander geschraubt hatte. Schon das Zuschauen war eklig, denn in diesem Knie fanden sich noch ganz andere weitaus unappetitlichere Dinge, aber natürlich auch der Ring. Als wir Martha fragten, wie Jack auf den Ring gekommen sei, sagte sie er habe ihn gefunden und das Gefühl gehabt, er sei für jemanden wirklich sehr wichtig. Es stellte sich heraus, dass Jack ein echter Gefühlsmensch ist und Klaus ein bisschen schusselig. Im Laufe der Zeit fand Jack einige Dinge für ihn wieder, auch den Ersatzschlüssel des Autos, der zwischen die Sitzfläche des Fahrersitzes gerutscht war und sich dort unter der Plastikverkleidung des Scharniergelenkes verkantet hatte. Klaus kam extrem schnell dahinter, dass Jack einen echten Zugewinn für die Familie darstellte. Am Anfang sagte er noch, mit jedem zurück gewonnenen Stück seines Inventars „sag Jack Danke." Daraus wurde allerdings schnell ein „Danke Jack." und am Ende auch ein „Gute Nacht Jack." Und ein „was sagt Jack denn dazu?", stets geechot von Marthas zartem Stimmchen „Danke Jack.", „Gute Nacht Jack.", „was sagst Du Jack?" Bestimmt war Jack traurig, dass er Klaus und Ella nicht sehen konnte. Ich glaube, er vermisste seine Eltern.

Jack begleitete unser Familienleben etwa zwei Jahre, so zumindest habe ich es überschlagen und Carstens Rechnung sieht ähnlich aus. Allerdings scheint sein Zeitgefühl nicht wirklich gut zu sein, oder zumindest anders zu funktionieren, als das was wir für normal halten. Als er uns an Marthas folgendem Geburtstag von Johny erzählte, wusste von uns schon keiner mehr, wer eigentlich noch mal Johny war. Immerhin war seit dem Tag, an dem er die Katze vom Baum geworfen hatte fast ein Jahr vergangen. Jack wurde fürchterlich sauer, denn er glaubte es sei „gestern" passiert. Im übrigen war bei Jack alles was älter als „jetzt" war, gestern. Man muss ganz schön drauf aufpassen, dass man noch mitkommt, wenn das Zeitgefühl derer mit denen man viel zu tun hat, vom eigenen so sehr abweicht. Jack ließ sich von keinem von uns davon überzeugen, dass gestern schon eine Weile vorbei war. Auch nicht von Martha.

Sie war ein fürchterlicher Anblick, wie sie da saß, ihre kleinen Hände rang und versuchte ihrem besten Freund eine wesentliche Realität nahe zubringen, ohne seine Gefühle zu verletzen. Von dieser speziellen Art der Realitätsabweichung gab es verschiedene. Eine davon betraf die Frage, ob Jack wirklich tot sei. Jack behauptete nein, wir dagegen waren uns ziemlich sicher, dass es wohl so sein müsste. Mit der Zeit entwickelte er unterschiedliche Methoden unsere Einwände zu dieser Frage zu behandeln. Diese liefen normalerweise darauf hinaus, dass man zu diesem Thema nichts weiter sagen konnte. Ich bin sicher, Jack ist als er noch lebte ein hoch intelligentes Kind gewesen. Wir hätten das Thema schon nach gelassen, wenn wir nicht das Gefühl gehabt hätten, dass der Platz an dem er sich befand, einfach nicht der optimale Aufenthaltsort für ihn war.

Immerhin gehörte er fast zur Familie und wir liebten ihn auf eine wirklich schräge Art. Es ist schwer jemandem zu sagen, dass er gehen muss, ohne damit gleichzeitig zu sagen, dass man ihn los werden will. Einmal sagte Carsten zu ihm: „Aber Du hast doch überhaupt keinen Körper mehr." worauf hin Jack antwortete „Du auch nicht." Jack hatte sehr wohl einen Körper aus Jacks Sicht. Einmal muss es ihm zu bunt geworden sein. In ihrer bekannten Art legte Martha den Kopf schief und fragte Carsten im

Anschluss: „Jack will wissen, mit wem Du gestern Nachmittag telefoniert hast." Carsten bekam rote Ohren und das Thema war nachhaltig beendet.
Am vergangenen Nachmittag war ich mit Martha im Kino gewesen. Natürlich hätte es mich auch interessiert, was meinem Bruder so derartig die Röte ins Gesicht trieb, aber Martha wusste es nicht und Jack spuckte nichts aus. Danach redeten wir nicht mehr über unsere unterschiedliche Anschauung von Leben. Wir verlegten uns darauf Jack von Zeit zu Zeit zu fragen, ob er sich gut fühlte, das lief entschieden besser.

Der Tag, an dem Jack uns verlies war grau und regnerisch. Vielleicht schien auch die Sonne, ich muss zugeben, dass ich zu beschäftigt war um auf das Wetter zu achten. Allerdings wird er in meinen Gedanken immer ein Regentag bleiben. Der Himmel wird schwarz sein, es wird blitzen und donnern und wir werden in einem großen gefährlichen Geisterschloss wohnen, natürlich. Als ich am Nachmittag nach hause kam, saß Martha in ihrem Zimmer auf der Erde und weinte. Ich bekam kein Wort aus ihr raus für Stunden. Sie weinte als hätte der Himmel in unserem Haus eine geheime Sintflut entfacht, laut und verzweifelt. Verzweifelte Kinder sind ein schlimmer Anblick, vor allem dann wenn die Schmerzen sich nicht mit einem bunten Pflaster und einem Stück Schokolade reparieren lassen. Man stößt all zu sehr an seine eigenen Grenzen bei ihrem Anblick. Als es dunkel wurde saßen wir bereits zu dritt in Marthas Zimmer auf der Erde.
Martha weinte, ich weinte weil Martha weinte und Carsten weinte weil ich weinte und weil Martha weinte. Weinen ist gut sagt Ella, es reguliert die psychische Ausgeglichenheit. Jack hat sich nicht verabschiedet sagt Martha. Nicht an diesem Tag und an keinem anderen. „Vielleicht" glaubt Carsten, „kommt er in

vierzig Jahren wieder und glaubt, er ist doch gestern erst weg gegangen." Aber Martha glaubt, er wird sie dann sicher nicht wieder erkennen. Wer wird schon an einem Tag erwachsen? Sie redet immer noch mit unsichtbaren Menschen. Manche von ihnen können von Zeit zu Zeit verschwundene Dinge finden. Aber über die Frage, wer nun wirklich lebendig ist, im klassischen Sinne reden wir nicht mehr. Die neue Hausregel lautet: „Es spricht, das reicht."
Martha hat eine neue Freundin gefunden, sie heißt Jasmin und hat einen echten Körper. Dass Martha ab und an mit Menschen redet, die sie nicht sehen kann, dass macht ihr nichts aus. Jasmin redet mit Tieren. Ich habe den Eindruck, sie versteht sie ganz gut. Ich höre natürlich wie immer nichts, außer Carsten, den höre ich heute viel besser als damals und von Zeit zu Zeit kann ich ihn sogar verstehen. Mittlerweile habe ich raus gefunden, dass er nicht nur ein Trottel ist. Nein, er ist eine Menge Dinge und von manchen mehr als man ihm zutrauen würde. Als Martha so fürchterlich verzweifelt war, nach Jacks Verschwinden, hat Ella einen Therapeuten konsultiert. Ihre Odyssee durch die kindliche Psyche hat bei Fantasiefreunden angefangen, danach hat sie sich mit Traumdeutung beschäftigt. Mittlerweile ist sie bei den Jenseitskontakten angelangt. Sie hat täglich Neues zu berichten. Das meiste finden wir recht interessant und keiner von uns macht blöde Witze. Ich glaube das tut ihr ganz gut.
Allerdings wissen wir das meiste von dem was sie erzählt schon. Hat uns Jack erzählt, oder Martha. Natürlich sagen wir ihr das nicht. Liebevoller Zuspruch und Ermutigung hält fit bis ins hohe Alter. Auch Klaus schätzt die tiefgründigen Unterhaltungen mit ihr, außerdem glaube ich, dass er ganz froh ist, manchmal was vernünftiges zu Essen zu kriegen, jetzt wo Ella keine Zeit mehr hat für Ginseng Kuchen. Die Nachbarn haben eine neue Katze, die ist echt süß. Sie heißt

Kafka, keine Ahnung wer auf die Idee gekommen ist. Sie ist ein fünffarbiges Maibaby, die bringen Glück. Deshalb darf sie drei mal gerne in unseren Betten schlafen und ich glaube, auch Kafka glaubt, dass es in unserer Küche ganz gut schmeckt. Kafka ist wirklich die kommunikativste Katze die ich kenne. Sie liebt es mit den Mädchen Einhorn zu spielen, ich glaube sie ist gerne ein Einhorn. Gestern hat sie sich erst nach Stunden maunzend verabschiedet um sich in die Sonne zu legen. Da hat Jasmin uns angeguckt und

gesagt: "Kafka hat gesagt, ich soll euch schön von Johny grüßen."

Baby on board

„Herzlichen Glückwunsch, sie sind schwanger.",
verkündete meine Ärztin und hielt mir, mit einem
breiten Lächeln, die Befunde der letzten
Laboruntersuchung, unter die Nase. Ich wollte
antworten, irgend etwas sagen. Etwas, das
angemessen und gleichzeitig klug klang. Aber ich
konnte nicht. Meine Schweiß nassen Hände, krallten
sich in das Kunstleder, der Handtasche auf meinem
Schoß. Es fühlte sich unangenehm an. So wie
verschüttete Salatsoße, mit etwas zu viel Öl. Meine
Zunge war trocken und klebrig. Ich hätte eine
Spachtel gebraucht, um sie vom Gaumen zu kratzen.
Ich saß nur da und schaute die Frau an, die mir, an
diesem schweren alten Schreibtisch, mit den blank
gegriffenen Ecken, gegenüber saß und im Computer,
meine Patientenakte vervollständigte. Schwanger ist
ein Wort, dass wusste ich. Es hat eine Bedeutung,
auch so viel war mir klar. Doch sie wollte mir, einfach
nicht einfallen. Ich hatte sie aus den Augen verloren
und versuchte nun verzweifelt sie wieder zu finden.
„Ihrer habhaft werden", ist ein alte Redewendung.
Meine Großmutter hat sie oft und gerne benutzt. Ich
musste darüber, immer ein bisschen lachen, denn sie
hörte sich fremd an für meine Ohren und merkwürdig
deplaziert. Aber in diesem Moment wusste ich
deutlich, was sie wirklich bedeutet. Sie spricht weniger
davon, etwas zu finden, was man verlegt hat, als
etwas zu fangen, das sich entzieht. Sie hat damit zu
tun, um etwas kämpfen zu müssen. Das war es was
ich in diesem Moment tat, ich kämpfte, um meine
Fassung und um mein Sicherheit. Mein Leben schien
von jetzt auf Gleich zu kollabieren und ich hatte nicht
die geringste Ahnung warum. Es gab keinen Grund,
oder besser gesagt, ich konnte keinen sehen. „Ruhig,
ruhig, es sind nur Worte", redete ich mir selbst zu und
beobachtete die Ärztin, die mit zwei Finger

Suchsystem, die Angaben aus dem Laborbericht in die Tastatur klopfte. Ich beobachtete sie, als wüsste sie die Antwort, um die ich rang.

Ihre Augen waren konzentriert auf den Bildschirm gerichtet und sie sah ein bisschen aus, wie Pumuckel, nach einer Schlacht mit der Salatschleuder. Ihre kupferig gefärbten Haare standen wild, in alle Himmelsrichtungen vom Kopf ab. Das Supernovarot ihrer Lippen, biss sich scharf mit der Farbe ihres Haars, dass an Sommer, Sonne und frisch gepflückte Orangen erinnerte. All das gewann durch das tiefe grün der Bluse, die sie unter dem weißen Kittel trug, gewaltig an Dynamik.
„Diese Frau kleidet sich unmöglich.", hatte meine Mutter einmal gesagt, als wir auf dem Weg zum Einkaufen, schnell, ein Rezept in der Praxis abholten. Es muss ein Donnerstag gewesen sein. Der Wocheneinkauf mit Mama ist immer Donnerstags, nur dass ihn heute nicht mehr ihre Tochter mit ihr macht. Ich glaube, dass sie diesen Umstand immer noch bedauert, aber für mich ist es eine riesige Erleichterung. „Läuft sie immer so rum?" hatte sie auf mein Grinsen hin nachgesetzt. „Ja," hatte ich geantwortet, „wirklich immer. Ich schätze sie ist ein Freak." Missbilligend hatte Mutter die Nase gerümpft, ohne zu registrieren, wie verletzend, sie mich damit traf. „Freak" ist nicht eben eins ihrer Lieblingswörter. Aber immerhin hat sie einen Freak geboren. Einen Freak wider Willen. Mich. Und dabei, war das schräge Aussehen meiner Ärztin, einer der Gründe, aus dem ich dauerhaft ihre Patientin geblieben war. Das und das ehrliche warme Lächeln in ihrem Gesicht.

In den letzten Jahren, habe ich, viele Frauenärzte gesehen, Männer und Frauen. Um genau zu sein, so viele, dass ich einige von ihnen, nicht wieder erkennen würde, wenn sie mir auf der Straße begegneten.

Manche waren echte Spezialisten, heiß begehrt. Sie
hatten einen weit großartigeren Ruf als Mrs Freak.
Aber mich hat es nirgendwo lang gehalten. Ich fühlte
mich, unwohl nackt, in Gegenwart dieser Menschen.
Es gehört Vertrauen dazu, sich einer anderen Person,
nackt zu zeigen, wenn man so ist, wie ich früher war.
Das ist schon schlimm genug, wenn der andere auch
nackt ist. Aber nackt sind Ärzte, bei der Arbeit eben
selten. Man ist schwach und ausgeliefert, wenn man
sich, auf diese Art, in all seiner Unzulänglichkeit zeigen
muss. Und es ist schon ein großes Glück, nur wie ein
Studienobjekt betrachtet zu werden. Menschen sind
nicht neutral. Sie haben Emotionen. Alle. Es kann
schlimm sein, diese im Gesicht eines Menschen zu
finden, wenn sie sich, auf den eigenen Körper
beziehen, den man auch ohne Hilfe schon, aus voller
Seele hasst. Abscheu oder Mitleid, im Gesicht eines
anderen, gehören zu den grausamsten Erfahrungen,
die man machen kann. Vor allem, wenn sie so deutlich
wiederspiegeln, was man sich selbst gegenüber
empfindet. Selbst dann, wenn sie nur für den Bruchteil
einer Sekunde und völlig ungewollt, über ein Gesicht
huschen. Arztbesuche waren von je her eine Qual für
mich, schon als Kind. Früher habe ich sie mit all diesen
Ängsten und Widerständen, die sie in mir
verursachten, über mich ergehen lassen. Das
Wechseln von Ärzten, habe ich erst von Markus,
meinem Mann gelernt. „Wenn Du Dich unwohl fühlst,
oder nicht gut behandelt wirst, dann geh. Schließlich
bist Du ein zahlender Kunde." Hatte er gesagt. So
habe ich es dann gemacht. Danach wurde es besser.

„Sie sind ja ganz blass" sagte meine Feuerfrau im
Froschkostüm. Sie trat um den Tisch und griff nach
meinem Handgelenk. „Ihr Puls flattert." stellte sie fest.
Ich glaube sie haben einen Schock. Das passiert, wenn
Menschen sich so dringend, wie sie ein Kind
wünschen. Wenn es lange dauert, dann kann man die

Tatsache, dass es plötzlich so weit ist, einfach nicht verarbeiten. Der Druck war zu groß, das belastet die Nerven. Bald wird es ihnen besser gehen." Liebevoll fühlte sie meine kaltschweißige Stirn und fuhr mir durch die Haare. In diesem Moment, liebte ich diese Frau, wie meine Mutter, vielleicht ein bisschen mehr. Selbstverständlich liebe ich meine Mutter. Immerhin hat sie mich geboren. Es ist nicht ihre Schuld, dass ich mich fühle wie ein misslungenes Experiment. Ich bin sicher, hätte sie eine Chance gehabt, das ganze besser zu planen, dann wäre ich wohl, das perfekteste Kind geworden, das die Welt je gesehen hat. Aber so funktioniert es nicht. In Wahrheit ist es anders. Jemand kommt und sagt, „Herzlichen Glückwunsch, sie sind schwanger." Dann hat man genau zwei Möglichkeiten. Man sagst ja oder nein, ohne zu wissen was man bekommt und ohne zu wissen, was es für das eigene Leben wirklich, bedeuten wird. Das Schönste, an unseren Kindern, ist wohl gleichzeitig das Schlimmste. Sie sind völlig unvorhersehbar. Meine Mutter ist der Meinung, dass sie absolut wertfrei ist. Aber das stimmt nicht. In Wahrheit, ist sie einer der Vorurteils behaftetsten Menschen, die ich kenne. Vielleicht hat sie deshalb mich bekommen. Die Idee, in diese Familie gekommen zu sein, damit meine Mutter lernen kann ein Mensch zu sein, gefällt mir, auch wenn sie mir für mein Leben viel Schmerzen gebracht hat. Aber ein besserer Mensch, ist sie durch mich wohl geworden. Sie hatte keine andere Chance, sie musste sich arrangieren, mit mir und all den Prinzipien, wie die Dinge im Leben zu sein, wie sie auszusehen haben. Mutter lebt für Regeln und ich bin sicher, auch Regeln sind wichtig, um das Leben zu erhalten. Ein par brauchbare Regeln, führen dazu, dass wir über viele Dinge nicht wieder und wieder nachdenken müssen. Das schafft Platz für viele andere und gute Gedanken, für die wir sonst keine Zeit hätten. Allerdings glaube ich nicht, dass die Frage, welchen Kleiderstil man zu

welcher Haarfarbe tragen darf, mit ins Reglement
aufgenommen werden sollte. Das führt wohl zu weit.
Ich jedenfalls war sehr froh, dass in diesem denkbaren
Moment, meines Lebens nicht meine Mutter, sondern
diese sanfte, wild gekleidete Frau, neben mir stand.
Meine Ärztin ist ein Mensch, für die Menschlichkeit.
Und ohne diese, werden die Regeln uns wohl
umbringen. Ich schaute sie an, diese tröstliche Frau,
die sich nachdem sie mir den Schweiß von der Stirn
gewischt hatte, nicht einmal die Hand am Kittel
abputzte und sah schwarze Lichter, auf ihrem wilden
Karottenschopf tanzen. Dann erlitt ich den ersten
Kreislaufzusammenbruch meines Lebens.

Während ich hinter dem Vorhang, im Labor auf der
Behandlungsliege lag, die Beine in leicht erhöhter
Position, rief die Sprechstundenhilfe Markus an, damit
er mich abholte. Vorsichtshalber hatte meine Ärztin
mich eine Woche krank geschrieben. Irgendetwas war
falsch, völlig falsch. Der Fehler musste eng mit der
Bedeutung des Wortes „Schwanger" zusammen
hängen, denn ich fand ihn einfach nicht. Alles war
falsch. Einfach falsch, so wie auf links gedrehte
Socken. Acht Jahre versuchten wir jetzt ein Kind zu
bekommen. Acht Jahre eiserne Disziplin, Hoffnung und
Frustration. Immer wieder diese tiefe Frustration,
wenn es am Ende eines Zyklus nicht funktioniert
hatte. Und dabei war es schon schwer genug, einen
vernünftigen Zyklus hin zu bekommen. Ein
Unterfangen, das wenn es, bei mir gelang, fast an ein
Wunder grenzt. Hormonspritzenbehandlungen haben
reichlich merkwürdige Wirkungen, wenn der
Hormonstatus, der erreicht werden muss, so weit von
dem abweicht, was für den Körper der Normalzustand
ist. Ich war ständig im Wechselbad der Gefühle und
nervlich fürchterlich angegriffen, obwohl ich
normalerweise eher eine ruhige Natur besitze. Dünne
Haut, ist schwierig, wenn man so aussieht wie ich,

denn Menschen reagieren praktisch überall und ständig auf mich. Dazu kam ein Sexualleben nach der Uhr. Genau so wie Maschinen Sex hätten, wenn sie darauf programmiert werden würden. Die Liebe bleibt auf der Strecke und am Ende funktionieren zwei nicht mehr. Funktionieren und gute Sexualität passen einfach nicht zusammen. Dazu kam das Sportverbot, das gab mir wirklich den Rest. In den letzten Jahren war ich in regelmäßigen Abständen ein nervliches Wrack und Markus mit mir.

Vor zwei Jahren habe ich dann wieder angefangen Sport zu treiben. Ich hielt es nicht aus, es ging einfach nicht mehr. Wir überlegten ein Kind zu adoptieren, waren aber in Deutschland schon zu alt für einen Adoptionsantrag und wollten das Karussell, dessen Betrieb wir grade eingestellt hatten, nicht mit der Suche nach einem Kind im Ausland, von vorne beginnen. Natürlich haben wir ein par Paare getroffen, die ein Kind aus dem Ausland adoptiert hatten. Genauso ein par, denen das Ganze am Ende nicht gelungen ist, weil es zu schwierig war, oder weil sie irgendwann, unter den hohen Kosten zusammen gebrochen sind. Eine Auslandsadoption, kann ein finanziell unüberschaubares, Unterfangen werden. Eltern, die sich sehnlich ein Kind wünschen, aber keins haben können, leiden bitter unter dem ständigen Wechselspiel von Hoffnung und Enttäuschung. Das taten wir ohnehin, alle beide. Markus nicht weniger als ich. Er litt wie ein Hund. An der Kinderlosigkeit, an meinen Launen und an den ständigen Misserfolgen. Die meisten Menschen glauben, Männer haben weniger Probleme damit, keine Kinder haben zu können, aber das ist nicht wahr. Ich denke, sie kompensieren einfach auf eine andere Art als Frauen. Überhaupt glaube ich, dass wir uns in Gefühlsangelegenheiten über die Ähnlichkeiten zwischen Männern und Frauen nicht im Klaren sind, weil Männer einfach anders leiden. Stiller. Ich glaube, die meisten Männer neigen dazu, intime Dinge eher mit sich selber auszumachen. Ob diese Art sich zu verhalten, wirklich aus der Unzulänglichkeit sich mitzuteilen stammt, das weiß ich nicht. Ich bin sicher, es wird einen guten Grund dafür geben, aber natürlich ist es leichter, einen Trost von außen zu erfahren, wenn man sich mitteilt. Was diesen Punkt angeht, konnte ich Männer von je her gut verstehen. Kummer zu teilen, gehörte nicht zu meinen besonderen Stärken. Was die weiblichen Königsdisziplinen angeht, so habe ich sie alle verrissen, fein säuberlich und der Reihe nach.

Wie es passierte, dass dieser gut aussehende und wundervolle Mann, sich in mich verliebt hat, ist mir bis heute ein Rätsel. Die Tatsache, dass er mir diese Frage nie wirklich beantworten konnte, hat das Thema nicht besser gemacht. Unser erstes Jahr muss fürchterlich für ihn gewesen sein, denn ich traute dem Braten überhaupt nicht und rechnete praktisch rund um die Uhr damit, dass sich herausstellen würde, es sei alles nur ein makaberer Scherz gewesen, obwohl das so überhaupt nicht zu ihm passt. Als wir uns kennen lernten, hatte ich den Gedanken an eine Beziehung mit einem Mann, bereits als unmöglich abgeschlossen. Frauen lagen mir nicht besonders, also trieb ich mehr Sport als vorher und fand mich ab, indem ich mir möglichst wenig Gelegenheit zum Nachdenken gab und alle Arten, menschlicher Zusammenkünfte, mied. Es ist wohl das, was Menschen im Allgemeinen tun, wenn sie der Auffassung sind, dass sie zu der Masse aller anderen Menschen einfach nicht passen. Man weicht ihnen aus, um sich nicht ständig selbst zu verletzen. Ausgerechnet in dem Mauseloch, dass ich mir ausgesucht hatte, lernte ich meinen Mann kennen. In der Turnhalle. Irgendwann hatten wir einen großen Streit. Das Warum, lies mir keine Ruhe. Es war fast,

als versuchte ich eine Bestätigung zu finden, dass
unsere ganze Beziehung ein Irrtum sein musste.
Nicht, aber auch gar nichts an mir, war liebenswert.
Angesichts all der anderen Frauen und Mädchen im
Verein, die im Gegensatz zu mir so unbeschreiblich
weiblich wirkten, selbst ungekämmt, durchgeschwitzt
und völlig dreckig, kam mir die Tatsache, dass wir ein
Paar waren abwegig, ja fast schon makaber vor.
In all den Jahren war dieser Streit, der Einzige in dem
wir uns anbrüllten.
Am Ende verlies er, Wut entbrannt, das Haus und ich
blieb zurück, in meinem Töpfchen voller
Unzulänglichkeiten, dessen Rand so hoch war, dass ich
einfach nicht raus kam. Das musste unser Ende sein,
so viel war mir in dieser Nacht klar. Der kleine Zensor
in meinem Hirn bestätigte das Ganze mit „Ich hab es
Dir doch gleich gesagt." Aber am nächsten Tag rief er
an. Vormittags, obwohl er eigentlich bei der Arbeit
hätte sein sollen. Er hätte sich krank gemeldet, sagte
er, denn er habe die ganze Nacht nicht schlafen
können. Wir telefonierten fast eine halbe Stunde, das
ist ungewöhnlich für uns. Selten dauert ein Telefonat,
zwischen uns länger als zwei Minuten. Er sagte:
"Versteh doch, ich liebe Dich einfach. Ich kann es
nicht erklären. Es ist einfach Liebe." Wir beschlossen,
es noch mal anders zu probieren und dieses mal etwas
weg zu lassen: meine Angst ihn zu verlieren. Danach
wurde es sehr ruhig um uns, zumindest bis zu dem
Moment, in dem wir die Hormonbehandlungen
einsetzten.

Wir haben wirklich lange versucht ein Kind zu
bekommen. Fast acht Jahre.
Kein Mensch konnte damit rechnen, dass ich doch
noch schwanger werden würde, nachdem wir auch den
letzten Versuch endlich aufgegeben hatten.
Mein Hormonhaushalt war nie in Ordnung gewesen. Zu
wenig Östrogen und zu viel Testosteron. Sicher, so

was lässt sich behandeln. Im Grunde kann man doch
alles behandeln. Die Frage ist nur, was das Ergebnis
einer solchen Behandlung sein soll. Von dem Moment
an, an dem ich in die Pubertät kam war mein
Hormonhaushalt dringend behandlungswürdig.
Manchmal frage ich mich, wie sich mein Leben wohl
entwickelt hätte, wäre von Anfang an auf all diese
Versuche mich einer gängigen Norm anzupassen
verzichtet worden. Die Norm ist immer das unterste,
zu erreichende Ziel. Besser als die Norm zu sein ist
eine gute Sache, einfach anders zu sein verheerend.
Dass meine Jugend einem Ritt durchs Fegefeuer glich,
ist zu einem Großteil, auf meine Hormonstörung
zurück zu führen. Viele Menschen haben
Hormonstörungen, aber bei den wenigsten, fallen sie
so sehr auf, wie bei mir. Was man an einem Menschen
sieht, ist wichtig. Es kann weit wichtiger sein als das,
was er wirklich anzubieten hat. Schon als Kind sah ich
aus wie ein Junge. Mein Gesicht ist markant. Ich muss
immer ein bisschen besser auf meinen
Gesichtsausdruck achten, als andere. Wenn ich einfach
neutral gucke, dann finden manchen Menschen mich
zu Fürchten streng. Außerdem habe ich eine Figur wie
ein Möbelpacker. Breite Schultern, keine Taille und
schmale Hüften. Meine Hände erinnern entfernt, an
die Schaufeln eines Baggers. Sie sind groß, die Finger
sind stämmig und viereckig. Ich sah immer schon so
aus, sogar als Kleinkind, aber in der Pubertät wurde es
schlimmer. Hatte bis zu diesem Moment, noch jeder
darauf gehofft, aus dem hässlichen Entchen würde ein
wunderschöner Schwan werden, so stellte sich nun mit
Nachdruck heraus, dass dieser Fall nicht eintraf. Meine
Hormone zogen nicht und ich entwickelte mich in
zunehmendem Tempo zum Albatross. Mit fünfzehn
hatte ich einen stärkeren Bartwuchs, als die Jungs in
meiner Klasse. Die Brüste, die sich entwickelten,
hingen an mir wie Fremdkörper. Plötzlich sah ich aus
wie ein Junge, der exakt an den Stellen, an denen

47

Mädchen die Brust tragen, zu fett ist. Statt Taille und Hüften bekam ich Fettrollen, die rechts und links, wie Schwimmhilfen über meinen Hosenbund hingen. Und das, obwohl ich niemals dick gewesen war. Zu allem Überfluss wurde all das gekrönt, von der Stimme eines Rauschgoldengels. Der sehnlichste Wunsch meiner Jugend, war der, mich in einem tiefen Erdloch zu vergraben. „Die Natur ist eine böse alte Hexe", dachte ich damals und ihre Bösartigkeit nahm ich ihr wirklich übel. Einmal, als ich im Schwimmbad am Eisstand wartete, tönte es hinter mir, „He, Fettsack roll weiter!" Solche Dinge passierten mir ständig. „Nur nicht den Schneid abkaufen lassen.", versuchte mein Vater mich zu unterstützen. Also versuchte ich, immer wieder unter Menschen zu gehen, aber ich ertrug den ständigen Spott nicht. Niemandem etwas getan zu haben, muss längst nicht ausreichen um ein Leben zu führen.

Irgendwann machten meine Eltern sich große Sorgen um mich. Sie befürchteten, ich könne suizidal werde, was ich war, meine ganze Jugend lang. Was kann ein Erdloch schon bedeuten, als der Zustand, einfach nicht zu existieren. Natürlich hatten sie auch keine andere Lösung, als die Hoffnung darauf, dass irgend einer all dieser Spezialisten, zu denen sie mich schleppten, das Ei des Kolumbus schon noch finden würde. Während meine Mutter sich nebenher mit biomolekularer Literatur beschäftigte und unterschiedliche gruselige Versuche startete, meine Ernährung um zu stellen, hatte mein Vater eine andere Idee. Einfach und formschön. Er meldete mich in den unterschiedlichsten Einrichtungen zum Sport an. Wichtiger, als dass mein Körper in den angemessenen Rahmen passt, fand er die Tatsache, dass ich unglücklich war. Etwas, das mich glücklich macht, musste es geben, da war er sich sicher. Die Entscheidung war gut und half mir, mich mit der Zeit, ein bisschen mit meinem Leben zu versöhnen. Es stellte sich heraus, dass ich einen hervorragende Leichtathletin war, in fast allen Disziplinen. Damit konnte ich einen Teil der Unstimmigkeiten, die es an mir gab, wett machen. In wenigstens einer Hinsicht schaffte ich es, mir in meiner Alleinstellung, einen guten Ruf zu verschaffen. Zwischenfälle gab es allerdings immer noch genug. Eines Morgens, das muss im neunten Jahrgang gewesen sein, betrat ich unseren Klassenzimmer und stand völlig entsetzt, vor meinem Schreibtisch, auf den jemand mit rotem Edding, in großen Buchstaben „Fräulein Anna Bolika" geschrieben hatte. Da ich wusste, wer es gewesen war, fing ich ihn nach der Schule ab und brach ihm die Nase. Es war mehr ein Versehen, allerdings bereitet mit das Geräusch bis heute große Genugtuung. Es war das einzige Mal, das ich mich wehrte. Im Anschluss gab es zwei Klassenkonferenzen. Eine für ihn, für die Schmiererei und eine für mich, für die gebrochenen Nase. Ich kam erheblich besser weg. Im Gesamtbild war dieser Vorfall eine sehr positives Ereignis für mich, denn ab diesem Moment, waren die Fronten eindeutig geklärt. Ich hatte ein Leben gewonnen, das man führen konnte, auch wenn ich niemals irgendwo wirklich dazu gehörte.

Die Woche nachdem mir meine Ärztin, meine Schwangerschaft mitgeteilt hatte, verlief wie in Watte gepackt. Der so genannte Schock, schien sich nicht zu lösen. Mein Zustand lies sich im besten Fall mit Lethargie beschreiben. Immer wieder versuchte ich mir vor Augen zu halten, dass nun endlich, in meinem Körper, ein Kind wuchs. Ich sollte überglücklich sein, das war mir bewusst. Aber das war ich nicht. Das Kind blieb in meiner Vorstellung, ein Ding. Ein Fremdkörper, der dort nichts zu suchen hatte. Der Gedanke an ein eigenes Kind, hatte in den letzten Jahren unsere ganze Welt bestimmt. Ich hatte mir

Kinder aller Altersklassen vorgestellt und war völlig entzückt von ihnen. Nichts hätte mein Leben mehr gerundet, als ein Kind das aussehen würde, wie Markus. Allerdings war mir bei all dem, eine winzige Kleinigkeit, entgegangen. Die Schwangerschaft. Über ein Kind in meinem Bauch, hatte ich wirklich niemals nachgedacht. Und jetzt, da es dort war, verursachte es mir eine Ablehnung, die mich zu Tode erschreckte. Zu allem Überfluss fühlte ich mich dafür auch noch so schuldig, dass ich einfach nicht darüber reden konnte. Meine einzige Hoffnung war ein Abgang. Markus schien förmlich aufzublühen. Ein Kind war das, was er sich am allermeisten wünschte. Ich kann mich nicht daran erinnern, ihn jemals so glücklich gesehen zu haben. Am vierten Tag brachte er winzige Turnschuhe von Adidas mit nach hause. Damit er sich jedes Mal freuen konnte, wenn er in den Rückspiegel sah. Das war entschieden zu viel für mich. Ich brach völlig zusammen. Natürlich verstand er die Welt nicht mehr. Wie ich mich in der Situation fühlte, war ihm nicht aufgefallen, er hatte angenommen, dass meine Verfassung mit den Hormonen zu tun hatte. Diese Situation kannten wir zur Genüge. Die Situation einer realen Schwangerschaft nicht. „Ich hasse dieses Kind und ich will es nicht.", heulte ich. Das Entsetzen in seinem Gesicht sprach Bände. Ohne ein Wort zu verlieren, verlies er das Haus und ich sah ihn drei Tage nicht wieder.

In diesen drei Tagen, dacht ich intensiv darüber nach, mich umzubringen. Wenn dieses Kind nicht leben durfte, dann war es nur fair, dass ich mein Leben ebenfalls hergeben musste. Das schlimme war nicht, dass ich die Welt als einen feindseligen Ort betrachtete und auch nicht, dass ich sie im Grunde nicht verstand. Das Schlimme war, dass ich mich nicht mehr verstand. Ich wusste nur eins: So wie ich war durfte ich nicht sein.

Freitags rief Markus an. Er habe, sagte er, einen Termin mit meiner Ärztin für uns vereinbart. Ich solle mich darauf einstellen um vierzehn Uhr dort zu sein. Dann hing er ein.

Was wir uns, jeder seiner Ecke, von diesem Termin versprochen hatten, das weiß ich nicht. Aber das Ergebnis war für uns beide völlig unerwartet.
Wir redeten lange über, durch Hormone verursachte Gemütsschwankungen. Schon nach zehn Minuten hatten wir einen ganzen Stapel Flugblätter, von allen möglichen Stellen auf dem Tisch getürmt, bei denen wir uns Hilfestellung holen konnten. All das brachte keine Lösung. Wir kamen dem Problem einfach nicht näher und die Frustration spitzte sich zu. Meine Ablehnung war mittlerweile so groß geworden, dass die Aussicht auf ein eigenes Kind, in weite Ferne gerückt war. Mein Mann und ich, wir saßen uns gegenüber wie Fremde. Beide zum Äußersten bereit. Der spontanen Wandel der Situation, wurde ausgelöst durch einen Satz, den er sagte, als klar zu sein schien, dass ich dieses Kind nicht austragen würde. Er sagte: „Wenn Du abtreibst, werde ich mich von Dir trennen." Ich schaute ihn an, völlig aus der Fassung und meine ganze Welt brach zusammen. Ich stand mit dem Rücken zur Wand und konnte mich in keine Richtung mehr bewegen. Die Aussicht auf ein Ende von all dem, was mir in meinem Leben etwas bedeutete, verhinderte jeden vernünftigen Denkvorgang. Zum ersten Mal sprach ich aus, was ich vielleicht mein ganzes Leben lang gewusst hatte, worüber ich mir aber niemals klar gewesen war. Ich sagte: „Aber ich kann doch dieses Kind nicht kriegen, ich bin doch ein Mann."

Immer hatte ich darum gerungen, auch nur halbwegs in das gängige Frauenbild zu passen. Ich hatte so sehr darum gekämpft, zu sein wie alle anderen, das mir der

Gedanke niemals gekommen war. Ich war völlig entsetzt, das waren wir wohl alle drei. Aber jetzt wo die Wahrheit einmal ausgesprochen worden war, konnten wir sie nicht ignorieren. Stöhnend stützte meine Ärztin den Kopf in die Hände. Die Situation war komplexer, als nur einer von uns sich hätte vorstellen können. Markus stierte blind vor sich hin. Ich konnte ihn nicht ansehen, weil ich den verletzten Ausdruck in seinen Augen nicht ertrug. An diesem Tag beendete er den Termin mit den Worten: „Dann gibt es wohl nichts weiter zu sagen.". Er stand auf, drehte sich um und ging. Wir wussten es an diesem Tag noch nicht, aber diesem Gespräch sollten viele aufreibende, schwere Gespräche folgen. Am Ende würde es eine Lösung geben, aber der Weg dort hin war mit spitzen, großen Steinen gepflastert. Ich blieb wie ein Häufchen Elend, mit meiner Ärztin zurück, deren Gesicht die Hilflosigkeit spiegelte, die ich empfand. Sie schrieb mich eine weitere Woche krank. „Wir haben keine Zeit." Sagte sie „Aber wir brauchen alle ein bisschen Platz um uns über die Situation klar zu werden." Also vereinbarten wir einen neuen Gesprächstermin, für den folgenden Montag, nach Praxisschluss.

Die kommenden Wochen waren turbulent. Mehr davon, als einer von uns vertragen konnte. Am Ende der folgenden Woche holte Markus seine Sachen. Wir brauchen Abstand, hatten wir beschlossen. Mir zerriss dieser Abstand fast das Herz, aber es gab keine andere Möglichkeit. Die Katze war aus dem Sack und weigerte sich hartnäckig sich wieder einpacken zu lassen. Stunden lang stand ich vor dem Spiegel und betrachtete mich unter einem ganz neuen Gesichtspunkt. Es fühlte sich irgendwie richtig an. Aber natürlich rückte die Schwangerschaft und somit unser Kind, damit immer weiter, in die verbotene Zone. Die verbotene Zone, in der ich, mein ganzes Leben verbracht hatte. In der Nacht träumte ich von einem winzigen schreienden Säugling, der ganz allein auf dem Steinboden einer finsteren Höhle lag. Umgeben von wilden Tieren. Am Morgen wachte ich auf und weinte um mein Kind. Ich fing an Gefühle zu entwickeln, die man vielleicht als Muttergefühle bezeichnen könnte. Sie sagten: „Ich will Dich schützen." Damit gab es eine neue Grundlage. Den Abtreibungstermin, der zu diesem Zeitpunkt schon feststand nahm ich nicht wahr. Ich konnte nicht. Es dauerte lange, bis ich Markus anrief um ihm mitzuteilen, dass ich die Schwangerschaft austragen würde, sofern sie sich nicht auf natürlichem Weg selber ein Ende suchte. Es dauerte lange, denn ich wusste nicht wie es danach weiter gehen sollte. Für diese Situation gab es keine gesellschaftstauglich Lösung und Gesellschaftstauglichkeit war immer das oberste Ziel gewesen. Wenn man dem so lange und so unter Zwang gefolgt ist, wie ich, dann gibt es keinen Platz für ein anderes, freies Denken.

Wir trafen uns abends beim Italiener. Keiner von uns wollte den Raum des anderen betreten, weil er uns zeigte, wo unser gemeinsames Leben gebrochen war, es schmerzte zu sehr. Die Situation hätte aus einer guten Comedy stammen können. Wir beide, beim Italiener, im Kerzenlicht. Neben uns ein Zimmerbrunnen, der alle viertel Stunde meine Blase von neuem in Betrieb setzte und zu allem Überfluss einem Geiger, der uns nicht von der Seite wich. Wir schlichen um einander, wie Katzen, immer darauf bedacht kein falsches Wort zu sagen und trieben Smalltalk, obwohl es so viele wichtige Dinge zu besprechen gab. Unsere Eltern wussten nur, dass wie uns getrennt haben. Warum wusste bisher niemand. Ich hörte, es wurde gemunkelt, ich habe mich in einen anderen Mann verliebt, weil ich mich, für alle offensichtlich, sehr verändert hatte. Da wir beide, unseren Familien weiträumig aus dem Weg gingen, hatte es bisher keine Konfrontation gegeben. Nur mein Vater, nahm es mit relativer Gelassenheit. Es würde sich schon wieder einrenken, nahm er an.

„Du siehst hübsch aus." Sagte Markus um im selben Moment, schuldbewusst weg zu sehen. Weiblich, er meinte weiblich. Ich musste lachen. Das wusste ich schon. Die Schwangerschaft merkte man mir zwar noch nicht an, obwohl ich bereits im vierten Monat war, aber die Schwangerschaftshormone, taten etwas in meinem Körper, was all die künstlichen Bemühungen der letzten Jahre nicht geschafft hatten. Plötzlich, sah ich einer Frau, zum verwechseln ähnlich. Es machte nichts aus, ich betrachtete es eher als Entschädigung. Jahre lang hatte ich eine Frau sein müssen und hatte dabei ausgesehen wie ein Mann, dafür sah ich jetzt wo wir wussten, dass ich ein Mann war, aus wie eine Frau. Aber zumindest war die äußere Form jetzt einheitlich definiert. Es quälte mich nicht, denn ich hatte angefangen in den letzten par Wochen einen Bezug zu unserem Kind aufzubauen. Das Bedürfnis zu schützen und zu lieben, hatte am Ende gesiegt. Seit ich endlich wusste, wer ich war, stellte mein Körper kein all zu großes Problem mehr für mich dar. Auch wenn ich wusste, dass davon noch einige auf mich zukommen würden. Dass ein Kind, kein Hinderungsgrund für eine Geschlechtumwandlung sein würde, das wusste ich bereits. Ebenso, dass hier meine Lösung lag. Was der leibliche Vater zu dieser Frage sagen würde, davor graute mir wirklich. Es war eine Zumutung, das war mir klar. Aber einen anderen Weg konnte es kaum geben. Markus war in seinen Überlegungen noch nicht so weit gekommen. Auf der einen Seite wollte er dieses Kind mehr als etwas anderes in seinem Leben. Auf der anderen Seite, fühlte er sich schuldig, weil er glaubte mich zu zwingen, für ewig im falschen Körper zu leben.

Als ich ihm von der Möglichkeit der Umwandlung erzählte, entgleiste in seinem Gesicht alles. Es war so fürchterlich, wie ich es mir vorgestellt hatte und ein bisschen mehr. Im Nachhinein stellte sich, Gott sei Dank,
heraus, dass er lediglich die Möglichkeit einer Umwandlung, nach der Entbindung nie ins Auge gefasst hatte.

Mit diesem Abend beim Italiener begann ein ganz neues Leben für uns. Eins, das sie keiner von uns beiden jemals hätte vorstellen können. Die Entbindung war nur der Anfang, einer langen Reihe Krankenhausaufenthalte. Das einzige, das uns erhalten blieb, waren die Hormonbehandlungen. Nur dass sie dieses Mal in die andere Richtung arbeiteten und mir viel besser bekamen. Meine Mutter hatte drei Nervenzusammenbrüche, ehe sie zu dem Schluss kam, dass sich doch im Grunde abgesehen von unserem Sohn Tom, nicht wirklich viel geändert hat. Vater nahm es wie immer gelassen. „Du sollst glücklich sein Kind; ähäm, ich mein natürlich, mein Sohn." sagte er nur. Mein Vater ist ein fortschrittlich denkender Mann. Markus Familie war leichter zu bewältigen. Im Grunde störte es niemanden, dass er in naher Zukunft schwul sein würde. Ihn übrigens auch nicht. Er hat sechs Geschwister und in großen Familien ist man wohl allerlei menschliches gewöhnt. Sie nahmen es als gegeben hin.

Drei Monate nach unserer Aussprache, zog Markus wieder zuhause ein. Darüber waren wir beide sehr froh. Es war vor allem eine Kostenfrage, denn wieder bei mir geschlafen, hatte er schon unmittelbar danach. Trotzdem tat es gut wieder ein gemeinsames Zuhause zu haben. Kurz darauf entbanden wir unseren Sohn Tom. Er war sechs Wochen zu früh, aber weder zu klein, noch zu leicht, so dass wir ihn schon einige Tage

später mit nach Hause nehmen konnten. Unser altes Häuschen im Ländlichen haben wir verkauft. Wir sind in die Stadt gezogen.
Die Möglichkeiten für Tom, Kontakte zu pflegen sind einfach besser und man ist dort ungewöhnliche Erscheinungen einfach mehr gewöhnt. Im Grunde fallen wir gar nicht weiter auf. Tom wird diesen Monat zwölf und er fängt an, langsam flügge zu werden. Seit ein par Wochen hat er eine Freundin. Er schwört darauf, sich bei seinen Vätern Rat zu holen, wenn es mal ein bisschen hakt. Denn eins weiß er genau: „Die kennen sich mit Frauen wirklich aus."

Drei Dinge

Keiner von uns hat geglaubt, dass er es schaffen
würde. Nach Omas Tod, machten wir uns alle große
Sorgen um meinen Großvater. Natürlich sprach es
niemals jemand so laut aus. Nicht auf diese harte,
unbeschönigte Art. Aber ins Geheime, gaben wir ihm,
noch höchstens ein par Monate, vielleicht ein Jahr. Wir
hatten Angst, dass er einfach aufgeben würde, dass er
aufhören würde sich für das Leben zu interessieren.
Immerhin war er damals schon sechsundachtzig. Die
beiden waren immerhin, fast sechzig Jahre verheiratet
gewesen. Das ist eine lange Zeit, um sich an einander
zu gewöhnen. Um nicht mehr zu wissen, wer man
selber ist, ohne den anderen und um sich ein Leben
ohne ihn nicht mehr vorstellen zu können. Sein
Hausarzt hatte uns darauf vorbereitet: „Massive
Lebenseinschnitte, verursachen oft eine bedrohliche
Orientierungslosigkeit, bei alten Menschen. Stirbt ein
Partner nach so vielen Ehejahren, folgt ihm der andere
häufig kurze Zeit später." Davor hatten wir alle Angst.
Wir fürchteten, er würde an gebrochenem Herzen
sterben. Aber Großvater schlug sich wacker. Er war
gefasst, anwesend und machte einen gut orientierten
Eindruck.

Nicht mal, als die Sanitäter, sie auf einer Bahre aus
dem Haus trugen, hatte er geweint. Im Türrahmen hat
er gestanden und darauf geachtet, nicht unglücklich
im Weg zu sein. So als wäre er sich voll bewusst
darüber, dass dies nicht seine geliebte Frau, sondern
lediglich ein verlassener Körper war. Eine zurück
gelassene Hülle, die ab sofort, auf ewig, unbewohnt
bleiben würde. Trotzdem war das wohl der Moment, in
dem mir zum ersten mal aufgefallen ist, wie klein und
wie zerbrechlich er mit den Jahren geworden war.
Mein Großvater ist immer ein stattlicher Mann
gewesen. Ich habe geweint als sie ging, mit den Füßen

zuerst und ohne sich zu verabschieden. Kein Wort, kein letztes Lächeln. Ich habe geweint auch wenn ich mir die größte Mühe gab, es nicht zu tun. Sie hatten sie in etwas wie einen großen Sack aus Folie gelegt. So einen mit einem langen Reißverschluss, vom Kopf bis zu den Füßen. Es war ein fürchterlicher Anblick, den ich kaum ertrug. Ich wollte schreien und um mich treten, aber ich tat es nicht, denn ein Rest von mir wollte ihm das nicht antun, Großvater. Als die Sanitäter ihn fragten, ob er noch einen Moment mit ihr alleine sein wolle, antwortete er, das sei nicht nötig. Er habe sich bereits verabschiedet. Ich wollte sie nicht gehen lassen. Ich wollte mich, in ihre lila Strickjacke vergraben, meinen Kopf auf ihre Brust legen und weinen. So lange bis sie wieder aufstehen würde. Ich wollte, dass sie bleibt, dass sie ewig lebt und niemals weg geht. Ich konnte nicht begreifen, dass Großmutter starb und die Welt sich einfach weiter drehte. Dass die Geschäfte geöffnet waren und die Straßen gefüllt. Dass in keinem Tempel dieser Welt, ein Vorhang reißen würde. Die Sonne schien an diesem Tag, so als sei nichts passiert. Wärmte unsere Haut, als hätten wir Grund uns zu freuen und trocknete die Tränen die salzig in meinem Gesicht brannten, während wir schweigend im Garten saßen und die Grashalme beobachteten.

Das Leben geht einfach weiter, es geht an uns vorüber und schaut uns nicht an. Ich brauchte Wochen, bis ich den Schock, den der Tod meiner Großmutter ausgelöst hatte, verarbeitete. In dieser Zeit, besuchte ich meinen Großvater täglich. Wir alle bemühten uns sehr darum, ihm jeden Wunsch, von den Lippen zu lesen, was sehr schwierig war, denn er war immer ein genügsamer Mensch gewesen. Wahrscheinlich sind wir ihm ganz schön auf die Nerven gegangen. Aber er war ein freundlicher Mensch, zu höflich um uns das jemals spüren zu lassen, sollte es so gewesen sein. Ich besuchte ihn, um ihm nah zu sein und um zu wissen, dass er all das gut überstehen würde. Auch, weil ich annahm in ihm jemanden zu finden, der meine Gefühle verstand und sie teilte. Heute weiß ich, dass er mich sehr wohl verstand, dass er allerdings meine Gefühle keineswegs teilte. Seine eigenen Gefühle folgten einer anderen Welt. Einer Welt, die ich nicht kannte und an der ich nicht teil haben konnte. Aber das wusste ich damals nicht und sicher hätte ich es auch nicht verstanden. Mein Schmerz saß zu tief um Platz zu lassen, für etwas anderes. Natürlich bemühte ich mich darum, mir äußerlich, nicht all zu viel anmerken zu lassen. Aber in meinem Inneren war etwas gebrochen, es fühlte sich an, wie gesplitterte Knochen und schmerzte, wann immer ich es berührte. Großvater dagegen, war wirklich sehr gefasst. Er verhielt sich wie immer, er war lediglich etwas stiller als gewöhnlich und er erschien mir keineswegs hilflos. Er war ein warmherziger und guter Gastgeber, der sich über jeden Gast aufrichtig freute. Das war deutlich zu sehen. Auch nach Omas Tod, habe ich nie angefangen, mich im Elternhaus meiner Mutter, fremd zu fühlen. Wir gingen täglich einkaufen und Großvater kochte, selbst wenn es zum Essen keine Gesellschaft gab. Pünktlich um halb eins stand das Mittagessen auf dem Tisch. Bald nach der Beerdigung fing er an, regelmäßig, von Großmutter zu sprechen. Er erzählte alte Geschichten oder lobte ihre vielen Fähigkeiten. Meine Großmutter war schon immer eine sehr geschickte Frau gewesen. Er erzählte so von ihr, als wäre sie nie gestorben, niemals in Trauer oder Wehmut. Es war so leicht für mich, dort zu sitzen, ihm zu zuhören und mir vorzustellen, sie sei nur mal schnell im Garten zum Blumen schneiden, oder oben auf dem Speicher, die Bettwäsche abzuhängen. Ich kann mich nicht daran erinnern, dass er jemals den Eindruck auf mich machte, sie zu vermissen. Eine Weile war ich deshalb fast sauer auf ihn. Ich glaubte, dass es sei seine Pflicht, sie schmerzlich zu vermissen und war wütend, dass ich nicht aufhören konnte das selbe zu tun. Das war eine schwere Zeit für mich. Auf der einen Seite, gab Großvater mir ein Gefühl, von Heimat, weil er der geblieben war, als den ich ihn immer gekannt hatte. Auf der anderen Seite nahm ich ihm genau das übel. Wer von uns beiden, am Ende wen getröstet haben würde, lässt sich unschwer vermuten.

Viele Menschen nahmen an der Beerdigung teil. Einige dieser Leute hatte ich seit meiner Kindheit nicht mehr gesehen, ich erinnerte mich überhaupt erst daran, dass sie je existiert hatten, als ich sie wieder sah. Den Großteil kannte ich überhaupt nicht. Eine riesige dunkle Traube überschwemmte den Friedhof, an diesem traurigen Tag, im Mai. Die meisten von ihnen weinten, trotzdem herrschte völlige Stille. Ich habe niemals, so viele Menschen, sich so geräuschlos bewegen sehen. Natürlich wusste ich, dass meine Großmutter, sich immer, ehrenamtlich, engagiert hatte. Sie hatte Nachhilfe für mittellose Kinder gegeben und regelmäßig in der Suppenküche geholfen. All das, trotz ihres hohen Alters. Im Winter backte und nähte sie für den Bazar. Aber erst, auf ihrer Beerdigung sah ich, wie groß der Teil ihres Lebens war, an dem ich niemals teil genommen hatte. Sie hatte nie viel über die Dinge gesprochen, die sie für andere tat. Wenn sie bei uns war, war sie ausschließlich für uns da, für ihre Familie.

Am Tag ihrer Trauerfeier begann ich zum ersten Mal darüber nachzudenken, wer die Frau, die ich liebevoll Oma genannt hatte, gewesen sein mochte. Diese fremden Menschen, die bis in siebter und achter Reihe um das offene Grab standen, machten mich nachdenklich. Sie füllten, die anliegenden Wege, wie Ameisen. Es war wirklich eine schöne Zeremonie, schön und traurig. Am Ende, wurde Großmutters Lieblingslied gespielt, „Eine kleine Frühlingsweise". Großvater hatte die Trauerfeier, selber ausgerichtet. Zwar haben wir versucht ihn davon zu überzeugen, jemand anderem die Vorbereitungen zu übertragen, aber davon hatte er nichts hören wollen. Dass sei er seiner Irmi schuldig, hatte er gesagt. Sogar die Blumen, für die Kirche hatte er selber ausgesucht. Auf dem Alter hatte ein großes Bild von Oma gestanden. Eins von diesen alten Photos, die noch mit der Hand nachkoloriert worden waren. Ich hatte es noch nie gesehen. Es stammte aus der Zeit, in der sie so jung gewesen war, dass die meisten von uns, davon nichts mehr wissen konnten. Als am Ende der Trauerfeier, ihr Lied gespielt wurde, verabschiedeten sich die Gäste leise. Sie sprachen uns, den Angehörigen, ihr Beileid aus. Uns allen außer Großvater. Er stand still vor dem Grab, das mit Blumen und Kränzen bedeckt war, völlig in sich versunken und lächelte. Niemand wagte es, ihn in seiner Ruhe zu stören. Natürlich hatten wir, besonders in diesem Moment Angst, er wäre durch die Situation überfordert. Wir glaubten, sein Lächeln sei eine Reaktion auf Stress und Trauer. Aber so war es nicht. Er verarbeitete die Situation. Immerhin lebte er, nach Großmutters Tod, noch fast zehn Jahre und bei guter Gesundheit. Trotzdem war seine Reaktion vielen Menschen fremd und unverständlich. Sie fühlten sich vor den Kopf gestoßen, auch wenn das keiner so laut sagte. Ich war keineswegs der Einzige, der einen Zusammenbruch normaler gefunden hätte. Großvater machte uns einen Strich durch die Rechnung. Er schien niemals auch nur eine Minute zu trauern, war gelassen, beinahe ausgeglichen. Er klagte nicht und schien auf eine sehr eigene Art glücklich zu sein. Still und zurück gezogen aber niemals uninteressiert, an der Welt um sich rum und den Menschen die darin lebten. Am Ende war es trotz all meiner Widerstände, genau diese Art, die mir half, den Tod meiner Großmutter zu verwinden.

Viele Jahre später, als die Wunden geheilt waren und Großmutter längst ihren Platz, unter all denen eingenommen hatte, die wir immer bei uns tragen und an die wir stets in Liebe und Freude denken, ohne Trauer, oder Schmerz, fragte ich ihn einmal danach. Und Großvater erzählte mir eine Geschichte.

„Als ich Deine Großmutter kennen lernte, waren wir beide jung. Sehr jung.
Es waren andere Zeiten damals. Wir lebten nach anderen Regeln, nicht wie ihr jungen Leute heute. Sie waren einfach da. Einfach da" wiederholte er in Gedanken, „man konnte sie nicht wählen, man wurde, in sie rein geboren." Er schwieg eine Weile und schaute aus dem Fenster. „Deine Großmutter war das schönste Mädchen, das ich je gesehen habe und ich habe mich sofort in sie verliebt. Ich sah sie einige Male auf der Straße, wenn sie ihre Mutter in den Kurzwarenladen an der Ecke, oder zum Modisten begleitete. Manchmal wartete sie vor der Tür, Deine Urgroßmutter war eine sehr anstrengende Frau, musst Du wissen und launisch wie Aprilwetter." Er lachte und fügte mich schelmischem Grinsen hinzu: „Ein echter Drachen." Dann verschwand er wieder in dieser alten Welt, die mich auf der einen Seite faszinierte, die ich mir aber nur schwer vorstellen konnte. Es war, als sei plötzlich eine Türe aufgegangen, die ich vorher niemals bemerkt hatte. Ich war nie auf den Gedanken gekommen, dass meine Großeltern einmal jung gewesen waren. Aber natürlich musste es so gewesen sein.

„Ich habe sie gesehen und jede Regel gebrochen, die ein junger Spund nur brechen konnte, ohne eine Sekunde darüber nachzudenken, dass es gut möglich gewesen wäre, mir dafür eine gehörige Tracht Prügel einzuhandeln. Die oberste aller Regeln war, ich hätte sie niemals ansprechen dürfen. Ich benahm mich, wie der liebeskranker Trottel, der ich war und sprach sie an. Ich sagte ihr etwas, über das Band, mit dem sie ihre Haare zusammen geflochten hatte, sagte ihr wie hübsch sie damit aussähe. Sie sagte nichts, lächelte mich nur an. Ab sofort, passte ich sie regelmäßig vor den Geschäften ab. Manchmal hatte ich Glück und ihre Mutter war guter Laune, dann durfte sie draußen warten. Ich habe wirklich niemals eine Frau gesehen, die so viele Hüte, wie Deine Urgroßmutter besaß. Sie muss Lagerhallen damit gefüllt haben." Er lachte wieder. „Wir mussten höllisch aufpassen, nicht gesehen zu werden und das, obwohl wir nur wenige unschuldige Sätze mit einander wechselten. Eines Tages kam ich später und beobachtete sie dabei, wie sie nach mir Ausschau hielt. Das war wohl der schönste Tag meines Lebens. An diesem Tag fragte ich sie, ob sie meine Frau werden wolle. Mitten auf der Straße, zwischen all den Weidenkörben. Ich hatte nicht mal eine einzige Blume in der Hand, aber das wäre auch zu auffällig gewesen. Sie strahlte mich an und sagte „Ja". Damals wusste ich nicht wer sie war und sie wusste nicht wer ich war. Auch, wenn die Unterschiede zwischen uns, deutlich sichtbar waren, war keinem von uns beiden klar, welche Bedeutung das, für unser Leben haben sollte. Wir wussten nur eins, dass wir uns lieben. Wir hatten keine Ahnung von der Welt. Unsere Phantasien vom Leben, waren romantisch und wir glaubten die Lügen, die eben diese romantischen Phantasien unterstützten. Zum Beispiel, dass Liebe das aller höchste Gut im Leben ist und nicht erkauft werden kann. Wir glaubten, was der Pfarrer an einem jeden Sonntag, von der Kanzel runter predigte. Zumindest das war für alle gleich. Deine Großmutter war eine junge Dame aus gutem Haus, ich dagegen war ein einfaches Arbeiterkind, aus eben so einfachen Verhältnissen. Ihr Vater besaß eine große Färberei. Meine Eltern arbeiteten in seiner Fabrik."

Großvater schwenkte seine Tasse und stellte sie auf dem kleinen Küchentisch ab. Sicher etwas heftiger als er es vor gehabt hatte. Der Tee schwappte über und wurde vom Blumenmuster, der sauber gebügelten Tischdecke aufgesaugt. Es kam, wie es kommen musste. Natürlich hätten wir es vorher wissen können und natürlich hätten wir die Welt in der wir lebten, kennen können. Es lag nahe, dass niemand unsere Beziehung, gut heißen würde. Wir hatten geglaubt, dass es schwer werden würde, uns aber geweigert, es für unmöglich zu halten. Auf unsere eigene Art, wussten wir mehr als die anderen, etwas das man mit keinem logischen Verständnis, dieser Welt erklären konnte. Wir wussten, dass wir für einander bestimmt waren. Das ist „er schaute mich an und lachte, „nicht erst heute altmodisch. Das war es damals auch schon. Ist es nicht merkwürdig, dass die Menschen das, was sie sich am meisten wünschen auch am wenigsten glauben und am tiefsten verachten? So war das damals schon. Der schlimmste Tag meines Lebens war der Tag, an dem ich mit der Mütze in der Hand und in meinem einzigen zerschlissenen Anzug, dessen Ärmel mir viel zu kurz waren, weil er von meinem Vater stammte, der einen guten Kopf kleiner war als ich, vor Deinem Urgroßvater stand. In einem Zimmer, das gut und gerne, dreimal so groß war, wie unsere gesamte Wohnung und in dem ich Angst hatte, zu atmen, weil ich befürchtete, durch die Feuchtigkeit meines Atems die Möbel zu beschädigen. Ich bin gelernter Schreiner, wie Du weißt. Solche Möbel hatte ich schon gesehen. Mein Meister war wohl der beste Schreiner, in der Umgebung. Manchmal standen solche Möbel im Hinterzimmer der Schreinerei, zum Aufarbeiten. Dann durfte es niemals jemand von uns betreten. Nur der

Meister selber arbeitete daran. In Deutschland, wurden solche Möbel, nicht her gestellt, die meisten von ihnen, kamen wohl aus England. Ich fühlte mich, wie eine Kakalake, auf einem Hochzeitsbuffet. Dein Urgroßvater saß an einem blank polierten Kirschholztisch, die Hände auf der Tischplatte gefaltet und war die Ruhe selbst. Ich hatte mich kaum aus dem Türrahmen gewagt und zitterte wie ein Bund Espenzweige. Er hörte mein Anliegen und sah mich lange an. Dann lächelte er. Er war ein furchteinflößender Anblick, wenn er mit diesen hellblauen Augen, auf diese besondere Art lächelte. Wie ein Henker, der sein Handwerk liebt. In der Fabrik, wurde er von allen, nur der Alte genannt, obwohl er damals noch gar nicht so alt war. Deine Großmutter hat seine Augen geerbt, aber in all diesen Jahren, die wir zusammen waren, habe ich sie niemals auf diese Art lächeln sehn. Man fühlt sich nicht wie ein Mensch, wenn man so angeschaut wird. Man fühlt sich wie ein Ding, dass dankbar sein muss um den Dreck unter den eigenen Fingernägeln.

Meine Unterhaltung mit Deinem Urgroßvater, dauerte vielleicht fünf Minuten. Die schwersten fünf Minuten meines Lebens. Er machte sich nicht die Mühe, auf meinen Antrag zu antworten. Er bestritt die ganze Unterhaltung, mit einem einzigen Satz. Mit diesem stillen Lächeln im Gesicht, dass seine Augen niemals erreichte sagte er: „Bitte verlassen sie sofort mein Haus, betreten sie es nie wieder und halten sie sich zukünftig von meiner Tochter fern." Es war zerschmetternd. Hatte ich das Haus noch betreten, mit feuchten zitternden Händen, als ein Mann, der sein ganzes Leben lang würde hart arbeiten müssen, für eine Gunst die ihm gewährt wurde, so verließ ich es, als ein Gedanke an Straßenstaub, den ein kalter Wind, längst verweht hatte. Ich betrank mich und heulte wie ein Wolf den Mond an. Nach drei Tagen, war ich wohl, der schlechteste Mensch, auf der weiten Erde. Mein Leben hatte kaum angefangen und schon war ich der Mann geworden, der sich niemals Hoffnung auf eine Zukunft oder eine Familie zu machen brauchte. Ich hatte einfach nichts, von all dem verdient, zu aller Letzt deine Großmutter. Ich versank völlig im Selbstmitleid. Wie hatte ich jemals glauben können, diesem Mädchen etwas anzubieten zu haben."

Dann schwieg er. So saßen wir eine Weile, jeder in seine eigenen Gedanken versunken. Ich dachte über ein Leben nach, dass ich nie kennen gelernt, und über Gedanken, die ich mir niemals gemacht hatte. Ein beklemmtes Gefühl machte sich in einer Brust breit, wenn ich an die Demütigung dachte, die mein Großvater erlitten hatte. Und obwohl ich wusste, dass die Geschichte gut ausgehen würde, denn schließlich war sie ja meine Großmutter geworden, schaffte ich es nicht, einen Teil der Geschichte abzuschütteln. Diesen Teil, der von Angst, Verzweiflung und Ungerechtigkeit sprach. Wir saßen noch sehr lange gemeinsam in der alten Küche, die sich seit meiner frühen Kindheit nicht verändert hatte, bis ich verstand, dass ich das Ende der Geschichte nicht hören würde. Nicht an diesem Abend. Als ich nach hause ging wurde es bereits hell.

So unvermittelt Großvater seine Geschichte bei unserer Begegnung abgebrochen hatte, so unvermittelt sollte er nun seine Erzählung fortsetzen. Ich hatte nicht danach gefragt, aus Respekt, denn ich glaubte, dass die Erinnerungen vielleicht zu schmerzhaft für ihn sein würden. Aber natürlich brannte ich darauf zu erfahren, wie es weiter ging. Wir hatten grade gegessen und die Teller standen noch auf dem Tisch. Ich war aufgestanden um uns eine Tasse Kaffee zu kochen. Meine Großeltern gossen den Kaffe, stets mit der Hand auf, weil Großmutter immer gesagt hatte, der Maschinenkaffee, schmeckt nach

rostigen Schrauben. So war es geblieben. Überhaupt
war alles im Haus geblieben, wie es war, als sie noch
gelebt hatte. Noch bis zum Ende lagen all ihre Sachen
am gewohnten Platz und nur selten wagte sich
jemand, etwas davon zu berühren. Großvater pflegte
all das liebevoll, nicht wie einen Schrein oder einen
Altar, sondern so wie eine Erinnerung, die ihn glücklich
machte, also ließen wir ihn gewähren. „Drei Dinge"
fuhr er fort, hat mir deine Großmutter geschenkt. Die
drei wichtigsten Dinge in meinem Leben, dafür bin ich
ihr sehr dankbar. Das Erste war, dass sie mich
genommen hat. Das war ein wirkliches Wunder und
bestimmt nicht einfach. Jeder andere der Männer, die
sich um sie bemühten, wäre leichter gewesen und
hätte ihr obendrein viel mehr zu bieten gehabt. Ihr
zweites Geschenk war Deine Mutter und auch das war
nicht einfach. Sie hatte eine schwere Schwangerschaft
und eine ebenso schwere Geburt. Fast zwei Tage lang,
hat sie deine Mutter entbunden und ich hatte große
Angst, dass sie sterben würde. Zwei Tage, in denen
sie mit keinem Wort klagte. Das einzige, das sie in
diesen beiden Tagen sagte war: „Wie geht es dem
Kind?" Sie hat uns immer viel Freude gemacht, Deine
Mutter sie war ein Geschenk der Liebe und das konnte
man deutlich merken." Ich nickte. Meine Mutter, hatte
große Ähnlichkeit mit meiner Großmutter, durch die
blauen Augen. „Nach dem Dein Urgroßvater mich des
Hauses verwiesen hatte, versank ich in dumpfe
Depression. Zwar versuchte ich nach wie vor, deine
Großmutter, zu den gewohnten Zeiten auf der Straße
zu treffen, aber es war nicht mehr möglich. Die
Familie war wach geworden und bis an die Zähne
bewaffnet. In Zukunft, musste Deine übellaunige
Urgroßmutter, ihre Hüte in Begleitung eines
Hausdieners, einkaufen.

„Eines morgens kam mein Vater schon am Morgen,
kaum dass er das Haus verlassen hatte aus der Fabrik

zurück. Die Schreinerei, in der ich arbeitete, lag auf seinem Weg, nicht weit von unserem Haus entfernt. Ich bekam einen gehörigen Schrecken. Niemals hatte ich meinen Vater so gebrochen gesehen, wie an diesem Tag, als er mit schweren Schritten, den Heimweg fand. Er war immer das Rückrad der Familie gewesen, während Mutter, die sorgende Hand war. Zwar hatten wir kein Geld, aber viele Dinge funktionierten, sehr gut bei uns. Besser als bei mancher Familie heute, die doch im Grunde alles haben. An diesem Tag sah er aus, wie der alte Mann, der es ihm nie vergönnt war, zu werden. Er hatte die fünfzig noch nicht erreicht, als er starb." Großvater lachte ein heiseres Lachen. Es hörte sich an, als würde seine Stimme jeden Moment abbrechen und doch war sie lauter als gewöhnlich. Laut und wild. Da war etwas in seinem Gesicht, ein Zug, den ich niemals zuvor an ihm gesehen hatte. Heftig schlug er mit der Hand auf den Tisch. Ich schrak zusammen,   schaute ihn an und wusste plötzlich, wer dieser alte Mann, den ich kannte mit zwanzig Jahren gewesen war. Ich wusste es genau. Es stand dort zu lesen, dort in seinem Gesicht. Mein Großvater, war wohl der sanfteste Mann, den ich je gesehen habe, ganz sicher war er niemals wild. Nicht in den dreißig Jahren, an die ich mich erinnern konnte. Ich schaute in sein Gesicht immer noch erstaunt und entsetzt über den lauten Knall, den seine Hand der Tischplatte entlockt hatte und der immer noch im Raum hing, wie ein Mahnmahl. Nicht zu vergessen, niemals zu vergessen. „Deine Großmutter", fuhr mein Großvater fort, „war nicht so leicht zu erschrecken, wie ich. Sie hatte wenig Angst, vor den fischkalten Augen, ihres Vaters. Ihre eigenen eisblauen Augen waren ihm entgegen getreten, völlig furchtlos. Du musst wissen, tief in ihrem Herzen war sie eine Löwin. Die sanfteste Löwin, die mir je begegnete. Meine sanfte Löwin," wiederholte er immer wieder, „meine sanfte Löwin." Und seine Augen wanderten in eine Zeit, die ich nur erahnen konnte, zu einer Frau, die ich niemals kennen gelernt hatte.

„Deine Großmutter", fuhr er fort, „beugte sich dem Willen dieses Mannes, vor dem die besten Männer zitterten, nicht. Sie war in den Hungerstreik getreten. Das war es, was mir mein Vater an diesem Morgen, tief gebeugt über eine Blechtasse dünnen Ersatzkaffees mitteilte. Ich sollte sie zurück auf den Weg der Vernunft bringen. Sollte es mir nicht gelingen, teilte er mir mit, dann würde er seine Arbeit verlieren. Obwohl ihm, wie er hinzu fügte, völlig schleierhaft war, wie ich dieses Kind, dass nicht mal der Alte, selber in den Griff bekam, zur Ordnung rufen sollte. Das war schlimm für uns, sehr schlimm. Vater brauchte seine Arbeit dringend, wir waren auf das Geld nötig angewiesen. Trotzdem hörte ich nur eine einzige Sache. Ich hörte, sie liebt mich wirklich. So wie ich sie liebe. Das Gespräch, das folgen sollte, fand nie statt und mein Vater behielt seine Arbeit trotzdem, man wollte vermeiden zu viel Aufsehen zu erregen. Statt dessen stand Irmi eines Morgens in der Schreinerei. Sie war zuhause ausgerückt. Mein Meister war in heller Aufregung, denn er hatte große Angst, teuere Kundschaft zu verlieren, von der er ja nun mal lebte. Sie stand dort und sah mich mit Tränen in den Augen an. Sie sagte nur ein einziges Wort. Sie sagte: „Bitte."

„Die Situation war ein Problem, ich war ein Problem, sie war ein Problem. Ein Problem, dass gelöst werden musste. Ihre Familie hatte nur durch einen Umstand einen besonderen Status. Sie hatten viel Geld, auch die Wirtschaftskrise hatte daran nichts ändern können. Eine Tochter aus derartig wohlhabendem Haus, würde sich einen Mann aus einem guten Haus aussuchen und damit, einen großen gesellschaftlichen Aufstieg, für ihre Familie bedeuten können. Oder, sie konnte sich einen Mann wie mich wählen, auch das würde für ihre

Familie eine Bedeutung haben. Da sie nicht bereit war, von ihrem Willen abzuweichen, hatten ihre Eltern kurzer Hand beschlossen, sie weg zu schicken, um Schlimmeres zu vermeiden.

Sie hofften auf, ein bis zwei Jahre, dann würde die Vernunft, schon wieder her gestellt sein. Nur mit einer, dieser beiden Annahmen, sollten sie Recht behalten, denn es dauerte, fast zwei Jahre bis ich sie wieder fand. Zwei Tage nach ihrem Besuch in der Schreinerei, reiste sie ab. Noch am selben Abend, besuchte ich meinen Meister zu Hause und reichte die Kündigung ein. In den folgenden beiden Jahren, reiste ich über die Dörfer und lebte von dem Handwerk, dass ich gelernt hatte. Mal besser, mal schlechter und manchmal einfach als Erntehelfer. Ich suchte, hoffte und weinte. Deine Großmutter tat das selbe. Etwas, hat uns beieinander gehalten, in dieser Zeit. Etwas, das sich nur schwer beschreiben lässt und das durch all diesen Widerstand nur stärker geworden war. Eines Tages, wurde ich auf einen großen Hof gebeten. Mein Ruf als Schreiner, war nicht schlecht, auch wenn ich kein Meister war. Auf diesem Hof, hatte ich schon einmal, vorher, gearbeitet. Es war reiner Zufall, dass ich noch einmal zurück gekehrt war. Einer seiner Nachbarn hatte mich einige Wochen vorher, darum gebeten, denn er wollte meine Hilfe, um eine abgebrannte Scheune wieder aufzubauen. Ich ging allen möglichen Holzarbeiten nach, schließlich musste ich von etwas leben. Einmal, baute ich mit einer schwer kranken, sechsjährigen Dame, sogar ein fünfstöckiges Puppenhaus, gegen warme Mahlzeiten und einen Platz zum Schlafen. Bauernhöfe sind eine Fundgrube, für jeden Handwerker. Arbeit gibt es immer und auf das ein oder andere Maul mehr, kam es den Bauern selten an. Wir waren mit der Scheune fast fertig, da erzählte mir der Hausherr, sein Nachbar habe vor, in seinem alten Hof die Türen zu erneuern." Großvater lächelte, „Ich schaute mir die Angelegenheit lange an und machte einen Plan. Es musste ein besonders guter Plan sein, das dauerte eine Weile. Der Hof war groß und es gab besonders viele Türen, außerdem sah, als ich ankam, Deine Großmutter, im Garten stehen, es musste also schnell gehen. Sie kam nicht näher, stand einfach da und lächelte. Das war gut so. Schon sie aus der Ferne zu sehen, sorgte dafür, dass mein Herz fast aussetzte. Ich legte ein par Handgriffe an einigen Türen an, baute Schlösser aus um sie anzupassen und entfernte einige wesentliche Türrahmen." Ich muss ihn wohl, sehr verständnislos angeguckt haben, denn er lächelte minutenlang versonnen in sich hinein, ehe er antwortete. „Binnen nur einer Woche, gab es im ganzen Haus keine einzige Türe mehr, die vernünftig schloss."

Jetzt musste auch ich lachen. „War das Deine Idee?" fragte ich ihn. Er lächelte wieder und sah aus, als wäre er plötzlich wieder sechs Jahre alt. „Ja" antwortete er, „Die Idee allerdings, dass dringend neue Türen gebraucht wurden, das war die Idee deiner Großmutter. Sie muss Wochen lang, auf den Hausherren eingeredet haben, ehe er überzeugt war. Außerdem war mir, beim begutachten der Türen aufgefallen, dass sich am ein oder anderen Schloss schon jemand wirklich Mühe gegeben hatte. Am siebten Abend türmten wir. Wir hatten ein bisschen Hilfe dabei. Die Tochter des Bauern, dessen Scheune ich mit aufgebaut hatte, fuhr uns zum nächsten Bahnhof. Deine Großmutter war grade zwanzig damals, das war ein Problem, denn bis zu ihrer Mündigkeit fehlte fast ein Jahr. Mündig sein musste sie aber, damit wir eine Chance haben konnten, wieder nach hause zu gehen und zusammen zu bleiben. Immerhin hatte ich noch meine Eltern, von denen ich wusste, dass sie sich, sicherlich, um mich sorgten. Das ein oder andere Mal hatte ich geschrieben, dass es mir gut geht und wo ich mich aufhielt. Aber für die beiden, konnte das sicher kein Ersatz dafür sein, mich zu

Hause zu haben. In den Städten war das Leben schwieriger. Auch dass wir nicht verheiratet waren, war ein Problem. Diese Dinge, waren damals nicht so einfach wie heute. Normalerweise reisten wir als Bruder und Schwester. Die Löcher, in die es uns verschlug, waren oft zum Fürchten finster und Arbeit zu finden war in der Stadt, weit schwieriger. Es waren schwere Zeiten damals. Öfter als einmal gingen wir, die letzte Kerze rationierend, hungrig und frierend ins Bett. Aber das machte uns nichts aus. Wir waren zusammen nur das zählte, der Rest war eine Frage der Zeit. Die Zeit würde schon für uns arbeiten, glaubten wir.

Manchmal hatten wir Glück. Einmal arbeiteten wir beide, für drei Monate, im selben Haushalt. Deine Großmutter als Zimmermädchen und ich als Hausmeister. Wir haben damals, viele Dinge getan, die keinem von uns beiden wirklich behagten und die wir vorher wie nachher nie wieder taten." Er machte eine lange Pause und ich konnte merken, wie unangenehm ihm das Thema war. „Natürlich" fuhr er fort, „haben wir niemals jemand bestohlen, oder ihm auf andere Art geschadet. Aber wir waren oft bei Nacht und Nebel über die Berge und wir haben viel Arbeit unvollendet liegen lassen. Es war gut, niemals zu lange am selben Ort zu bleiben, denn wie Du Dir vorstellen kannst, wurde nach Deiner Großmutter gesucht. Nach zehn Monaten ging es nicht mehr und wir traten den Heimweg an. Deine Großmutter, brachte ich bei meinen Eltern, unter. Aber für vier Leute war die Wohnung zu klein. Ich wurde von einem Kollegen meines Vaters, in einem Kellerraum, versteckt. Nach sieben Wochen fanden sie mich und ich bekam diese Tracht Prügel, deren Möglichkeit, ich niemals in Betracht gezogen hatte. Es dauerte Wochen, bis ich wieder halbwegs grade laufen konnte. Gott sei Dank, wurde das Verschwinden Deiner Großmutter, nicht mit mir in Verbindung gebracht. Vielleicht haben sie geglaubt, ich habe mich aus Angst, die letzten drei Jahre, dort unten im Keller versteckt. Deine Großmutter und meine Mutter, Deine Urgroßmutter jedenfalls hatten nachdem ich zusammen geschlagen worden war, keine ruhige Nacht mehr.

Sechs Wochen nach dem einundzwanzigsten Geburtstag, Deiner Großmutter besuchte sie ihr Elternhaus, teilte ihren Eltern mit, sie sei Schwanger und würde mich heiraten. Vorsichtshalber, begannen wir, eine Woche vorher Gerüchte zu streuen. Jemand sagte, er habe gesehen, wie sie auf dem Bahnhof, angekommen sei. Jemand habe gesehen, wie sie mit einem Mann, in der Stadt gesehen worden sei. Jemand habe gesehen, wie sie beim Krämer, einen Schwindelanfall gehabt habe. Trotzdem hatte ich vorsichtshalber, in der Zwischenzeit, den Keller gewechselt. Deine Großmutter, wohnte mittlerweile ganz offiziell, bei meinen Eltern. Nach mir wurde zwar gesucht, aber ich war nicht zu finden.
Deine Großmutter verlies ihr Elternhaus, nach dieser Unterredung, ohne einen Bindfaden ihres privaten Eigentums. Eine Woche herrschte Totenstille. Die Belegschaft einer ganzen Fabrik, wartete gespannt darauf, was sich ereignen würde. Natürlich hatten wir große Angst, dass es einen Schlag gegen meine Eltern gäbe, aber er kam nicht. In der folgenden Woche rief der Alte alle Arbeiter zusammen und hielt eine Traueransprache, für seine, unlängst, verstorbene Tochter. Ich blieb noch eine Weile versteckt, dann kam ich wieder raus. Zu viele Menschen wussten von der Angelegenheit und in diesem Fall hatte das Arbeitsverhältnis meiner Eltern, in der Firma des Alten, fast eine Schutzfunktion. Nun wurde er kontrolliert. Drei Monate später heirateten wir. Ich hatte eine neue Arbeit gefunden und wir nahmen uns eine eigene Einzimmerwohnung. Es war zugig und das Badezimmer teilten wir uns mit fünf anderen Familien,

so wie es damals üblich war. Wir waren so glücklich und glaubten schon, jetzt würde alles gut sein. Dann kam der Krieg. Drei Monate später, wurde ich eingezogen und ich sollte erst sechs Jahre später wieder nach Hause kommen." An diesem Abend ging ich sehr nachdenklich nach hause. Ich lag noch lange im Bett und dachte über Glück, Unglück, über lange und kurze Zeiträume nach. Mein Großvater hatte über die Zeit, in der er nach meiner Großmutter gesucht hatte, ohne zu wissen, wo sie sich aufhält, gesagt, viele Menschen seien der Meinung gewesen, ein ungemein glücklicher Zufall habe dazu geführt, dass er sie doch noch gefunden habe. Aber er, wisse es besser, hatte er gesagt. Es sei eine unabänderliche Schicksalsfügung gewesen. „Das gute am Schicksal", sagte er, „ist die Tatsache, dass es sich auf jeden Fall erfüllt. Die einzige unbekannte Größe, ist die Frage, wann." Er erzählte von unsichtbaren Bändern zwischen den Menschen. Natürlich musste ich diese Geschichte nicht kennen um zu wissen, dass es diese unsichtbaren Bänder zwischen Menschen gab, ganz besonders zwischen meinen Großeltern. Man konnte sie sehen, diese Bänder, sie waren nicht unsichtbar, sondern farblos. Sie waren der Kanal, durch den zwei sich jede Farbe schicken konnten, die sie wollten. Mein Kopf verstand die unsichtbaren Bänder, aber ich hatte sie noch nie erlebt, nie mit meinen eigenen Gefühlen gefühlt. Ich fragte mich, ob ich den Mut haben würde, für eine solche Beziehung, solche Schwierigkeiten und derartige Zeiträume auf mich zu nehmen und wusste es nicht. In dieser Nacht träumte ich von meiner Großmutter. Sie sah aus wie auf dem Bild, das bei ihrer Beerdigung auf dem Altar gestanden hatte. Sie trug ein Kornblumen blaues Kleid und hielt einen riesigen Strauß Klatschmohn in den Armen. Sie schaute mich an und lächelte. Sie sagte: Mach Dir keine Sorge Schatz, es ist alles gar nicht so schwer. Das Wichtige kommt von selbst."

Nach diesem Abend, musste ich eine Woche auf eine Geschäftsreise fahren. In dieser Woche sprach ich meinen Großvater nicht. Trotzdem war ich weder richtig hier noch dort. Ein Teil von mir hatte angefangen in einer Geschichte weiter zu leben. Eine Geschichte, die plötzlich Farben und Formen gewann. Ich baute eine Liebe zu Menschen auf, die ich schon mein ganzes Leben geliebt hatte und die ich nun anfing, in anderen Menschen genauso sehr zu lieben. In diesen Menschen, die sie einmal gewesen waren. Nach meiner Rückkehr, führte mich mein erster Weg zu meinem Großvater. Ich fuhr noch zu ihm, ehe ich meinen Koffer zuhause abgestellt hatte. Ich wollte den Rest der Geschichte hören. Ich musste ihn dringend kennen und hatte plötzlich Angst, dass ich ihn nie erfahren würde. Großvater saß mit einem Becher Eiskaffee im Garten und bewunderte die Rosen meiner Großmutter, die in diesem Jahr ganz besonders schön blühten. Er lächelte.

An diesem Tag sprachen wir über den Krieg. Darüber wie es war, verschüttet und gefangen genommen zu werden. Welche Gefühle ein junger Soldat im Schützengraben hat und wie groß die Angst, jemand zu erschießen wirklich ist. Vielleicht merkt man es. Ich rede nicht gerne über den Krieg, er macht mir Angst und das sicher aus gutem Grund. Und doch steht das in keiner Verhältnismäßigkeit zu dem, was er für Männer wie meinen Großvater, die sich ihm nicht entziehen konnten, bedeutet haben mag. Wir sprachen sehr lange über den Krieg, zum aller ersten Mal. Was bei mir geblieben ist davon, ist ein Bild aus Angst, Hunger, Entsetzen und Einsamkeit. Ich habe mich damals entschieden Zivildienst zu leisten. Die Bundeswehr war mir zu wider. Aber in diesem Gespräch wurde mir klar, dass ein Teil meiner Entscheidung darin lag, ein leidiges Thema einfach von

mir weg zu schieben, um nicht weiter darüber
nachdenken zu müssen.

Es wurde schon dunkel, als ich die eine Frage stellte,
die mir schon die ganze Zeit unter den Nägeln
brannte. So fragte ich: "Großvater, was war das dritte
Ding das Oma Dir geschenkt hat?" Dieses Mal schwieg
er lange, so lange, dass ich schon fast sicher war
keine Antwort auf meine Frage zu bekommen. Aber zu
guter Letzt antwortete er doch. Er erzählte:
„Damals als ich im Krieg vermisst blieb, hatte Deine
Großmutter große Angst. Sie wurde vor Angst so
krank, dass sie beinahe an einer Lungenentzündung
gestorben wäre. Diese Angst blieb ihr für den Rest
ihres Lebens erhalten. Sie hat es nie geschafft, sie
wieder abzuschütteln.
Sie sagte: "Ich habe Dich zwei mal verloren, ein
drittes Mal werde ich das nicht ertragen." Nachdem ich
aus dem Krieg zurück gekommen war, waren wir für
den Rest unseres Lebens, keine Nacht mehr getrennt.
Sie träumte trotzdem oft schlecht, noch bis ein par
Jahre vor ihrem Tod. Unsere Geschichte hat eine
Wunde geschlagen, die nie wieder richtig verheilt ist.
Um ihre Angst zu besiegen, schlossen wir einen
Vertrag. Wir vereinbarten, dass sie diejenige von uns
beiden sein würde, die zuerst sterben würde. Niemals
stellte einer von uns, unseren Vertrag in Frage. Ich
versprach, sie niemals wieder alleine zu lassen. In der
Nacht, in der Deine Großmutter gestorben ist, haben
wir nicht geschlafen. Der Notarzt glaubte, sie sei bei
seinem eintreffen schon kalt gewesen, weil ich sie
nach dem Aufwachen tot im Bett gefunden hätte. Aber
so war es nicht.
 Er machte eine Pause, dann fuhr er fort: „Ich weiß,
dass Du oft wütend auf mich warst, weil ich keine
Trauer gezeigt habe. Bestimmt wirst Du mich oft für
kalt gehalten haben. Ich bin nicht kalt, aber es ist
wahr, dass ich glücklich bin. Ich bin glücklich, dass ich

der Frau, die ich liebe, ihren größten Wunsch erfüllen durfte. Deine Großmutter kann mich nicht verlassen, nicht nach fast sechzig Ehejahren. Wie gehen uns nicht verloren, es ist nur eine Frage der Zeit, bis wir wieder zusammen sein werde. Mit den Jahren, haben wir viele unsichtbare Bänder zwischen uns geflochten. So viele Bänder. Sie weckte mich in dieser Nacht und sie sagte, sie würde spüren, dass es jetzt so weit sei. Sie hatte keine Schmerzen, irgendwann ist sie einfach eingeschlafen. Ich setzte mich hin und bettete sie in meinen Arm. Dann begann ich ihr all die Geschichten zu erzählen, die wir miteinander erlebt hatten. Am Anfang antwortete sie noch, irgendwann wurde sie still. Zum Schluss hat sie einfach aufgehört zu atmen. Ich hielt sie noch so lange, bis ihr Körper völlig kalt geworden war. Bis ich ganz sicher sein konnte, dass auch das letzte Leben ihren Körper verlassen hatte. Dann rief ich den Notarzt. Als sie starb hat sie gelächelt, so wie bei unserer ersten Begegnung. Das dritte Geschenk, dass mir Deine Großmutter machte war, in meinen Armen zu sterben. Sie erlaubte mir, ihre größte Angst zu besiegen.

An diesem Abend erteilte mir mein Großvater die wichtigste Lektion in Liebe, die ich je erfahren durfte. Ich bin klüger geworden und habe sie dieses Mal gelernt. Seine Beerdigung im vorletzten Jahr habe ich ausgerichtet. Meine Mutter war einfach zu verzweifelt und mir war es ein Vergnügen. Ich lies ein großes Bild rahmen, eins das genau so aussah, wie ich ihn in Erinnerung halten würde. Und ich grub Großmutters Rosen aus. Sie standen bei der Trauerfeier, in einem großen Kübel hinter dem Altar.
Ich denke, in Zukunft stehen sie in Pfarrers Garten, denn seine Frau war ganz begeistert und ich habe sie ihr geschenkt. Am Grab wurde sein Lieblingslied gespielt „von guten Mächten treu und still umgeben". Als die Gäste gegangen waren ging ich noch einmal

zum Grab zurück und stand eine kleine Weile einfach da. Wie ich so dort stand, beobachtete ich mich dabei, dass ich lächelte. Ich lächelte, weil ich glücklich war. Glücklich zu wissen, dass mein Großvater jetzt das bekommen hatte, was er sich am meisten gewünscht hatte.

„Gute Reise Großvater. Gute Reise."

Jakobs Wege

„Es ist nicht so wenig heute. Noch nicht genug, aber heute hat er schon mehr getrunken als gestern. Ich glaube er friert auch nicht mehr ganz so schlimm. Vielleicht wird jetzt alles besser."

„Ja, vielleicht wird jetzt alles besser." denke ich und setzte mich auf den schlichten Holzstuhl, den die Schwester neben das Bett gestellt hatte. Auf der Lehne hängt die Decke, munter grün mit roten Blumen. So als würde ich sie brauchen. Leise zieht sie die Tür hinter sich zu. Noch eine Weile höre ich ihre Schritte knirschen, draußen auf dem langen Flur. Sie vermischten sich mit dem Geruch von Spitazid und Inzidin, Desinfektionsmittel und mit dem Geruchs von Tod. Man versucht nicht an ihn zu denken, in solchen Zimmern. Man versucht so zu tun, als wäre er nicht da, könnte nicht überleben im Haus von Hilfe und Hoffnung. In Wahrheit sitzt er in jeder Ecke. Trinkt Kaffee mit Tanten, die Bündel weise am Sonntag zum wöchentlichen Besuch kranker Bekannter erscheinen, um dann in einer endlosen Litanei ihre eigene Beschwerden zu erörtern. Im Dutzend billiger. Ich hasse Krankenhäuser, immer schon. Mir wird übel, wenn ich sie nur aus der Ferne sehe. Nur die Gärten, ihre Gärten mag ich, zu jeder Jahreszeit. Sie sind schön mit ihren großen knochigen Bäumen, die in den Himmel ragen wie kleine geheime Wälder. Großes, altes knochiges Holz. Zerfurcht, gelitten, ehrlich. Dort kann ich mir alles vorstellen. Elfen, Kobolde und Gott. Sogar Gott. Da hin flieht das Leben, dass es drinnen genauso wenig aushält wie ich. Wir sind für Krankenhäuser nicht gebaut, das Leben und ich. Wirklich nicht. Ich schaue aus dem Fenster, draußen scheint die Sonne und ich will raus, gerne – dringend. Aber ich kann nicht. Kann Dich nicht alleine hier drinnen lassen. Oh mein Jakob.

Immer dann, wenn wir zusammen sind, hier in diesem Zimmer, dann habe ich große Angst. Ich will Dich in meine Tasche nehmen und mit Dir davon laufen. Schnell. So schnell ich kann. Aber natürlich geht das nicht. Du könntest nicht überleben draußen, sagen sie. Außerdem bist Du zu groß für meine Tasche. Es riecht gefährlich hier, in jeder Ecke. Sie kämpfen mit dem Tod, jeden Tag. Auch mit Deinem, so als wäre der Tod eine persönliche Sache. Es wird viel Wert gelegt auf einen möglichst persönlichen Tod, in Häusern wie diesen. Persönliche Betreuung, persönliche Begleitung, Beratung bis zum Ende. Man darf heulen, schreien, ich glaube sogar fluchen und kotzen ist erlaubt. Ich weiß schon, sie bemühen sich halt. Und dabei kämpft der Tod gar nicht. Er hat es nicht nötig. Der Tod muss nur warten und das kann er schon. Er hat Zeit, schließlich ist er tot. Am Ende wirst Du alleine sein auf deiner Seite vom Fluss. Vielleicht ist es kalt dort, vielleicht dunkel. Ich weiß es nicht. Vielleicht wirst Du Angst haben, weil Du nicht weißt wohin Du gehen sollst. Ich will nicht dass Du Angst hast. Lieber will ich dort sein, wo Du bist. Auch wenn ich sicher bin, ich werde dort Angst haben. Ganz bestimmt sogar, ich habe schnell Angst, bin ein richtiger Angsthase. Wenigstens würden wir uns gemeinsam fürchten, dann ist es vielleicht nicht so schlimm. Wenn wir nicht wissen wohin wir gehen sollen, dann bleiben wir dort wo wir sind. Wir sitzen am Fluss und schauen aufs Wasser, schwarz wie Tinte. Gemeinsam. Ich will Deine Stimme hören, so gerne Deine Stimme hören. Manchmal denke ich, es ist das Einzige was ich wirklich will, seit langer Zeit. Einfach Deine Stimme hören. Nur um zu wissen, dass Du wahr bist, egal wohin Du gehst. Was man gehört hat mit den eigenen Ohren, das ist auch wahr. Man kann lieben, hassen, annehmen und ziehen lassen. Dann ist alles einfach.

Deine Stimme hören, das geht nicht, denn Du sitzt in Deinem kleinen Boot mitten auf dem Fluss und ich bin übrig geblieben, hier auf meiner Seite. Manchmal frage ich mich, ob Du das mit Absicht tust, dort sitzen in der Mitte ohne Dich zu bewegen, in die ein oder andere Richtung. Dann bin ich wütend auf dich. Später habe ich ein schlechtes Gewissen. Ich darf das nicht, wütend sein. Schließlich geht es hier nicht um mich. Die Schwestern tun so, als wärst Du noch hier. Sie tun das täglich und bemühen sich wirklich. Ich denke, sie wollen glauben was sie sagen. Was sollen sie auch sonst tun. Wie sollten sie überleben, mit der Arbeit die sie tun, jeden Tag. Wie soll man kämpfen für das Leben, wenn man schon wissen kann, wissen muss, dass man am Ende doch verlieren wird.

„Das Leben ist ein Trichter." sagte einmal ein angetrunkener Philosoph zu mir." quer über einen kleinen Bistrotisch mit einer zerlaufenen Kerze in seiner Mitte. Er sagte es ganz nebenher. Nein ich weiß nicht mehr worüber wir sprachen, vorher. Wahrscheinlich war es sehr klug, aber im Grunde unwichtig. Ich erinnere mich an leere Teller und ein bisschen verschütteten Kaffee auf einer Untertasse. An Zucker auf der Tischdecke aus knülligem Papier, an flüssiges rotes Kerzenwachs und an den Dichter mit den glasigen Augen. Verwegener Stumpfsinn. Das war lange bevor ich Dich kannte, das Bistro und der Dichter. Damals, als Bistros noch ein regelmäßiger Teil meines Lebens waren. „Egal wie lang er ist, am Ende wird es immer eng." sagte er und blies die Kerze einfach aus. Manche Trichter sind eben kürzer, so wie Deiner, so wie Deiner mein Schatz. Sollte ich ihn jemals wieder sehen, dann werde ich ihm ins Gesicht schlagen. Am Ende des Abends wird er geglaubt haben, er weiß wovon er redet. Vielleicht wird er sich für klug gehalten haben, für besonders geistreich. Bestimmt sogar, ich bin sicher so ist es gewesen.

Saufende Philosophen haben die Weisheit immer ein bisschen mit Löffeln gefressen. Ich frage mich, ob ich ihm geglaubt habe, aber ich kann mich nicht erinnern. Es ist gut so, denn könnte ich mich heute daran erinnern, dass es so gewesen ist, dann würde ich ihn vermutlich suchen um ihm mit dem Hammer den Schädel einzuschlagen. Man glaubt doch eine Menge dummes Zeug, wenn man jung ist. Keine Ahnung, was mit einem Trichter passiert, wenn plötzlich die Mitte fehlt. Kaputt?

Wo bist Du hin gegangen, wo bist Du nur hin gegangen und ist das meine Schuld? Vielleicht ist all das meine Schuld. Ich weiß es nicht und niemand kann es mir sagen. Im Grunde kann man ja immer was besser machen. Mir fallen tausend Dinge ein, die ich hätte besser machen können, aber so ist es ja immer. Wir leben und denken zu wenig und wenn wir genug denken, dann leben wir nicht mehr. Schwer zu sagen, warum sich Dinge ereignen, wie sie sein werden. Am Ende bleibt die Frage nach Schuld, wo eigentlich Glück sein sollte. Vielleicht sind Schuld und Glück Brüder, oder Arsch und Kopf des selben Bruders. Wer kann das schon so genau wissen. „Unglückliche Disposition" und „Genetik" sagen sie, aber ob man sich nicht auch für Genetik ein bisschen schuldig fühlen darf, das sagt keiner. Es ist alles leicht, wenn man sicher sein kann, dass man die Konsequenzen selber trägt, auch wenn es schwer ist. Das Leben ist irre und man legt sich besser nicht zu sehr mit ihm an. Wir nehmen was wir kriegen, bis diese fehlen, die uns begleitet haben und keiner kann uns sagen, welchen Anteil wir daran tragen. Wir können nur hoffen, glauben hoffen und los lassen. Vielleicht ist das klug. Vielleicht liegst Du nur deshalb hier und quälst Deinen schwachen Körper, weil ich nicht los lasse. Weil sich das Entsetzen und die Angst in meine Knochen gebrannt hat und ich es nicht schaffe sie abzuschütteln. Vielleicht ist es nicht dunkel dort wo Du bist. Vielleicht hast Du keine Angst. Dir würde ich glauben. Mehr als den Ärzten und den Schwestern, auch wenn ich weiß dass sie gut sind und ihr Bestes geben. Ich will dich leben sehen.

Vielleicht gibt es einen Gott und vielleicht ist er ein Genie darin uns glauben zu lassen, was wir wollen. Vielleicht sitzen wir in unserer kleinen, angeschlagenen Teetasse und sehen nicht über ihren Rand hinaus. Vielleicht ist der Tod ein alter gütiger Mann, der uns auf seinen Knien schaukelt, sicher und warm. Vielleicht ist Ungewissheit der Tod. Besser würde ich mich fühlen, wenn ich all das wüsste, während ich Dich beobachte und Dir dabei zuschaue, wie Dein Herz schwach flattert und Dein Körper still liegt unter all diesen Schläuchen. Still wie ein Stein. Es tut weh das zu sehen, ohne zu wissen, ob es das ist was Du Dir wünschen würdest. Darf man sich nicht etwas wünschen für ein Leben, auch wenn es zu kurz ist? Sie haben bestimmt tausend mal versucht mir zu erklären, wozu all das dient, aber ich habe es nicht verstanden. Nicht verstanden oder vergessen. Vielleicht habe ich schlecht zugehört. Bestimmt sogar. Ich weiß wozu es dient, aber ob es gut ist, das weiß ich nicht. Gut für Dich.
Manchmal im Traum höre ich Dich lachen. So wie Du lachen würdest, in zwei oder drei Jahren, dann wenn Du es könntest und ich auch wieder. Ich kann Deine Stimme hören im Schlaf, aber wenn ich die Augen öffne auf meinem Stuhl, eingehüllt in die rot grüne Decke und all das hier sehe, dann vergesse ich. Dann kann ich Deine Stimme nicht hören ich kann sie mir nicht mal vorstellen und ich frage mich, ob es nicht besser wäre dem Leben seinen Lauf zu lassen. Zuzusehen wie das bricht, was brechen will und zu gucken was übrig bleibt. Ich kann sie mir nicht vorstellen, Deine Stimme. Sie fehlt mir. Alles was ich

sehen kann ist grau. Grau in einem völlig sterilen weißen Zimmer, so steril, dass ich nicht wissen kann, ob das Leben vor dem Fenster wirklich weiter geht, oder ob all das bloß eine Projektion ist, eine Spiegelung auf den Scheiben, die in Wahrheit nicht transparent sondern schwarz sind, oder weiß wie die Leinwand in einem großen Kino.

Ein Regenbogen an der Wand wäre sicher schön. Nicht echt, nicht so wie Regenbögen sind, wenn Sonne und Regen sie auf den Himmel malen, aber ein Anfang. Etwas, an das man glauben kann, auch wenn man wüßte, dass er nicht echt ist.

„Wir müssen sehen." sagen die Ärzte, „wir müssen sehen, vielleicht holen wir ihn zurück." Wenigstens das ist die Wahrheit. Sie wissen das, was alle wissen und sagen, was keiner sagt. Ich glaube, sie sagen es aus Versehen. Keine Zeit zum Nachdenken. Sie haben keine Zeit. Gebildete Menschen ohne Zeit sind selten besonders sensibel. Gut so. Sie sagen, Du bist schon weg, mehr dort als hier, unerreichbar. Du kannst mich nicht hören und das wird so bleiben. Für immer. Würde einmal jemand zu mir kommen und sagen: „Wir sind völlig hilflos und wir wissen nicht was wir tun sollen. Wir können nur hoffen." dann könnte ich weinen. Ein bisschen weinen wäre schön. So bitter weinen, dass der Boden dampft und schwarze Flecken bleiben, auf dem großen Schreibtisch, auf den meine Tränen fallen würden. Verätzt, verbrannt. So verbrannt, dass man es niemals wieder vergessen könnte. Jeder, der an diesem Schreibtisch säße müsste es sehen, ob er wollte oder nicht. Die Brandflecken würden tun, was ich nicht darf, sie würden schreien und mit Möbeln werfen. Sie würden sagen: „Hier saß eine Mutter, die um ihr Kind geweint hat."

Peter, Paul und Georg

Peter war wohl das Beste, das mir in meinem Leben passiert ist. Nachdem er den Kletterunfall hatte, habe ich Wochen lang geweint. Es war eine fürchterliche Tragödie. Vor allem seine arme Mama hat seinen Tod niemals wirklich überwunden. Jedenfalls verhielt sie sich in den Jahren danach, weit absonderlicher als man es ohnehin schon von ihr gewöhnt sein konnte. Ich fürchte, so ganz bei Sinnen war sie wohl noch niemals, die Ärmste. Nach seinem Absturz, habe ich sie, noch zwei oder drei mal besucht, aber nachdem ich geheiratet hatte, stelle ich die Besuche ein. Es schien mir nicht passend. Wir kannten uns schon seit dem Kindergarten, Peter und ich. Vom ersten Tag an, waren wir praktisch unzertrennlich. Das hatte wohl auch damit zu tun, dass unsere Mütter bereits damals feststellten, was wir für ein wunderschönes Pärchen abgeben würden.
Später habe ich oft über diese Idee nachgedacht. Sie kam mir schon sehr speziell, gelinde gesagt etwas verschroben vor. Als ich meine Mutter einmal danach fragte, nur aus reinem Interesse, immerhin war ich damals höchstens vier und Vierjährige können sich ja doch noch in viele Richtungen entwickeln, um genau zu sein in so viele Richtungen, dass man möglicherweise nicht wissen kann, wie sich ihre Interessen entwickeln werden, antwortet sie mir, das sei doch nur ein Spaß unter Müttern gewesen, räumte aber ein, sie habe sich, wohl ein bisschen hinreißen lassen. Die Gute.

Wie dem auch sei, der Entstehung dieser Idee und die Beweggründe unsere Mütter, waren nach so vielen Jahren wirklich nicht mehr zu klären. Zumal man mit Peters Mutter, wirklich keine vernünftige Unterhaltung mehr führen kann. Der Tod ihres einzigen Sohnes, so kurz nach seinem achtzehnten Geburtstages, hat sie

wohl den Verstand gekostet. Noch heute, stellt sie täglich eine Vase mit frisch geschnittenen Blumen, auf den alten Schreibtisch in sein Zimmer, so als glaubte sie, er käme jeden Moment zurück, nach hause.
Frische Gerbera in allen denkbaren Farben, das ganze Haus richt danach. Ich kann den Geruch von Gerbera nicht ausstehen, sie riechen nach Friedhof. Könnte man Tote mit Blumen zum Leben erwecken, jagte sie ihn mit Gerbera trotzdem eher gänzlich zum Teufel, aber das habe ich ihr natürlich nie gesagt. Ich wollte ihre Gefühle nicht verletzen. Ganz falsch gelegen haben, können unsere Mütter, mit ihrem Vermählungsspleen nicht, denn die Ereignisse der Zeit gaben ihnen recht. Peter und ich waren tatsächlich ein Paar, schon ab dem Sandkasten, ohne Pause und ohne jemals Streit gehabt zu haben.
Wir mochten die selben Filme, hörten die selbe Musik und wählten die selben Pflichtfächer. Sollten wir jemals eine offizielle Veranstaltung besuchen, war unsere Garderobe stetes aufeinander abgestimmt, denn darauf achteten unsere liebenden Mütter. Müsste ich unser gemeinsames Leben beschreiben, so wäre „zu tiefst harmonisch", wohl der richtige Ausdruck. Ich kann mich nicht daran erinnern, dass wir uns jemals uneinige gewesen wären. Manche Nacht nach seinem Tod habe ich wach gelegen und einen Fehler, in unserer Beziehung zu finden. Einen Bruch, einen Kratzer, vielleicht eine kleine Delle, aber ich fand sie nicht. Wir besaßen den perfekten Schliff, so wie ein Diamant, an dem niemals eine Kante zu finden ist, wo keine Kante hin gehört. Selbst Peters Tod, beinhaltete noch einen Grad an Perfektion, der kaum zu schlagen ist. Er starb zu jung, um jemals einen wirklichen Fehler gemacht zu haben.
Es ist ein großes Geschenk, einmal im Leben, einem Menschen begegnet zu sein, mit dem man eine absolute Einheit darstellen konnte. Ich glaube, dass diese Erfahrung nicht viele Menschen machen.

Absolute Verschmelzung so früh in meinem Leben erfahren zu haben, betrachte ich als große Gnade. Niemals wieder bin ich einem Menschen wie Peter begegnet und noch heute muss ich manchmal, bei dem Gedanken an ihn weinen. Vor allem bei Nacht und vor allem bei Vollmond.

Es ist mir bis heute unverständlich, wie ein anderer Mensch so sehr ich selbst sein kann, dass er in mir das Gefühl erweckt, vor einem Spiegel zu stehen. In manchen Momenten, war ich fast sicher, Peter wäre mein besseres ich. Peter war stets liebevoll, klug und was seine Mutter und mich anging, völlig widerspruchslos. Im Grunde war er vermutlich zu gut, um ihn ein ganzes Leben lang zu ertragen. Es gab nur einen Moment, an dem wir in unseren Meinungen keine hundert prozentige Übereinstimmung erreichten. Dieser betraf tragischer Weise unsere letzte Unterhaltung vor seinem Unfall. Der Zeitpunkt dieses Konfliktes mag dazu geführt haben, dass ich über Jahre ein derartig tiefes Trauma mit mir rum trug. Es heilte nur schwer und lies mich in manchen Nächten schreiend erwachen. Im Grunde war es eine kurze Unterhaltung, kaum der Rede wert, in ihrem Umfang. Auch waren wir uns nicht wirklich uneinig. Es war mehr so, dass er einen Wunsch äußerte, dem ich nicht entsprechen konnte.

Wir waren Stunden gewandert an diesem Tag. Es war kurz nach unserem Abitur und wir hatten beschlossen den wohlverdienten Urlaub in freier Natur zu verbringen. Wir waren von je her sehr sportlich gewesen, selbst verständlich beide. Ich saß auf einen großen Stein direkt unter dem Gipfelkreuz um einen Moment Pause zu machen. Es war ein sehr schöner Moment unseres Lebens. Die Stille der Berge breitete sich aus, alles vertreibend, was unser normales Leben auf der einen Seite ausmachte und auf der anderen Seite belastete. Man glaubt nicht, welchem Stress junge, aufstrebende Menschen ausgesetzt sind, wenn große Hoffnungen in sie gesteckt werden, schon dann wenn sie noch zu jung sind um jemals eine wirkliche Möglichkeit gehabt zu haben, eine Veranlassung für derartige Erwartungen zu geben. An diesem Ort, direkt unter dem Himmel wurde mir zum ersten Mal klar, welche untrennbare Verbundenheit wir wirklich teilen. Peter stand auf einem flachen, das Plateau bedeckenden Felsen und schaute ins Tal, als er ins Rutschen kam. Ob er einfach auf einer kleinen Ansammlung Geröllsteinchen ausgeglitten ist, oder in den großen Fleck Sonnenöl trat, der mir an genau dieser Stelle, kurz vorher verschüttete, das weiß ich nicht. Im Grunde ging es wohl einfach zu schnell um zu begreifen, was passiert. Ich sagte „Schau, wie schön die Aussicht ist." Er ging ein par Schritte nach vorne, während ich mich auf den Stein setzte. „Du hast Recht." antwortete er noch, dann kam er ins Rutschen. Um ein Haar, hätte er das ganze überlebt, denn noch im Rutschen hielt er sich an einer aus dem Boden ragenden Wurzel fest. Seine Füße hingen über dem Abgrund, während seine Finger sich um die Wurzel krallten, die durchaus hätte stabil genug sein können, sein Gewicht zu halten, wäre er nicht vorher abgerutscht. Genau in diesem unglückseligen Moment, ereignete sich das Gespräch, das mich das Glück, vieler Jahre meines Lebens kosten sollte. Peter sagte „Gib mir Deine Hand, ich rutsche ab." Ich zuckte die Achseln. Ich konnte nicht, meine Hände waren fettig vom Eincremen. Konflikte wie dieser tun Beziehungen zwischen Menschen nicht gut aber vermutlich muss man bereit sein mit ihnen zu leben. Ich bin sicher, Peter wird Verständnis für mich gehabt haben, denn Peter hatte ja immer Verständnis.

Die Beerdigung war eine rührende und traurige Veranstaltung. Dies lag auch daran, dass Peters Leiche nie gefunden wurde. Er hatte so zu sagen mit der

Wahl seines Unfallortes, den perfekten Mythos geschaffen. Nach seinem Sturz war ich, wie man sich vorstellen kann, den Umständen entsprechen verstört. Ich machte mich völlig orientierungslos an den Abstieg. Dem entsprechend muss ich bei meiner Ankunft, völlig dehydriert gewesen sein. Die Flasche mit dem Wasser war in Peters Rucksack, dummerweise mit ihm in die Tiefe gestürzt. Ebenso mein Handy, mit all meinen Privatkontakten. Von jetzt auf gleich war mein Leben völlig entwurzelt. All das setzte mir zu, obwohl man hätte meinen können, die Situation wäre auch ohne diese Beeinträchtigungen schwierig genug gewesen. Manchmal ist das Leben einfach nicht fair. Den einen beutelt es niemals, den anderen ständig und hart und niemand weiß zu sagen wie diese Ungerechtigkeiten zu Stande kommen. Am Ende kann man nur hoffen, dass es einen Gott gibt und dass er die Menschen in der Gesamtsumme ihrer Jahre gleich zu behandeln weiß. Ich trug kein schwarzes Kleid zur Beerdigung, den es erschien mir unpassend. In so jungen Jahren sollte man noch nicht so schwer trauern müssen. Mein Kleid war dunkelblau. Es war in diesem Ton dunkelblau, der von schwarz kaum zu unterscheiden ist. Es unterstrich die unnatürliche Blässe meiner Haut und spiegelte die Farbe meiner tiefen Augenringe, auf angemessene Art. Die Beerdigung lässt sich, mit nur einem Wort beschreiben: Sie war perfekt. Tragisch, aber perfekt. Ich gab mir große Mühe, mich dem Anlass angemessen zu verhalten, das war ich Peter einfach schuldig und immerhin war ich eine schwerst Leidtragende. Daraus sollte man in den schweren Momenten des Lebens keinen Hehl machen. Es ist gut für Menschen, wenn sie Mitgefühl mit anderen Menschen teilen dürfen. Bis zur Beerdigung vergingen gute zwei Wochen, statt der üblichen fünf Tage, was auf das Fehlen der Leiche zurück zu führen war. Ich hatte nach dem Abstieg große Probleme, mich an den

Weg, den wir gegangen waren zu erinnern. Der Bergungsdienst führte das auf meinen Schockzustand zurück, was wohl der Wahrheit entsprach und versuchte vorerst, seine Leiche ohne mein Zutun zu finden. Dieses Vorhaben misslang natürlich gewaltig, denn ich kenne mich nur schlecht mit den Himmelsrichtungen aus. Dafür war von je her Peter zuständig gewesen. So oft ich beteuerte, dass er mit Sicherheit tot sei, sie ließen sich von einer langen und aufwendigen Suche einfach nicht abhalten. Hätte sich jemand die Mühe gemacht, auf mich zu hören, wäre alles viel schneller gegangen. Den Hinterbliebenen gegenüber wäre es sicher rücksichtsvoller gewesen, auf eine Beschleunigung der Angelegenheit zu drängen, um die Phase der Unsicherheiten, schnellst möglich zu beenden. Es ist eine wirkliche Schande, wie oft, die übliche Vorgehensweise über die Menschlichkeit gestellt wird. Es wird sich kaum jemand Gedanken darüber gemacht haben, welche Probleme diese verlängerte Zeit des Bangens, seiner armen Mutter zugemutet haben mag, oder seiner jungen Verlobten. Ich nehme an, sie konnten nicht anders.

Drei Wochen weinte ich Tag und Nacht. Dann begann ich mich zu fassen. Ich hatte ein Problem und langsam fing es an wirklich Form zu gewinnen. Also begab ich mich auf die Suche nach einer schnellen und machbaren Lösung. So traurig das Leben uns manchmal mitspielt, müssen wir doch, die mit dem Leben verbundenen Notwendigkeiten, im Auge behalten. Sechs Wochen später war es so weit. Ich heiratete. Keine Sekunde zu früh. Die Hochzeit war mehr als überfällig, denn mein Bauch zeichnete sich, am Tag meiner Hochzeit, bereits deutlich unter meinem Kleid ab. Das war mir zwar unangenehm , aber ich weiß, es kommt vor, auch in durchaus angesehenen Familien. Im Grunde schämte ich mich nicht besonders dafür. In solchen Angelegenheiten tun alle das selbe, egal wie ihre Herkunft geartet sein mag: Sie versuchen es gut über den Berg zu bringen. Das selbe tat ich auch. Eine Schwangerschaft wäre vermutlich nicht das Problem gewesen. Grade nach Peters tödlichem Unfall würde seine Mutter, mehr als glücklich um einen Enkel, der ihrem Sohn wie aus dem Gesicht geschnitten war, gewesen sein. Dieses Kind würde ihm einfach nicht ähnlich sehen und das wusste ich genau. Die Wahrscheinlichkeit, dass es nicht blond, wie Peter und ich sein würde, lag zumindest bei fünfzig Prozent. Dieses Risiko konnte ich einfach nicht eingehen. Die Tatsache, dass eine junge Frau schwanger wird hat sicher noch Nichts damit zu tun, dass man automatisch mit einer Schlampe zu tun haben muss. Ich denke, man kann genauso gut jugendliche Desorientierung und das spontane Aufwallen von Hormonen gelten lassen. Ich konnte nichts dafür, denn es geschah in der Oper. Jeder Mensch, der sich mit der Wirkung erhabener Musik auf die menschliche Psyche auskennt, weiß was sie bewirken kann. Im Grunde hatte ich nichts wirklich verfängliches im Sinn, ich wollte lediglich auf die Toilette. Zum einen, weil ich musste und zum anderen weil mich der dritte Akt der Kameliendame, von je her, ein bisschen langweilt. Es war Nikolaus Alexander, der mich auf dem Flur abfing. Ich versuchte noch zu verstehen was er da tut, als er mich bereits hinter den Vorhang einer Logenkabine gezogen hatte. Es war irgendwie spannend, aber ehe ich verstand, was wirklich passierte, war es auch vorbei. Ich zog mein Kleid zurecht und ging, wie ich es mir vorgenommen hatte auf die Toilette. Dass ich gleich beim ersten Mal schwanger wurde, ist einfach extrem unglücklich und wäre sicher nicht unbedingt nötig gewesen. Auf der anderen Seite brachte wohl grade, meinen unerwartete Schwangerschaft eine große Wende in mein Leben. Wie es sich entwickelt hätte, wären Peter und ich wirklich ein Ehepaar geworden, dass weiß man nicht. Schafft man es schon in jungen Jahren einen so hohen Grad an Perfektion zu erreichen, könnte es in späteren Jahren schwierig werden, das Gewonnene zu erhalten.

Nikolaus habe ich danach nie wieder gesehen. Er ist ein Idiot, wenn auch einer aus sehr gutem Haus. Um nichts in der Welt, hätte ich auch nur eine Woche mit diesem Jungen verbringen wollen. Abhilfe war dringend nötig. Ich wusste nicht was ich tun sollte und griff deshalb auf die wohl menschlichste aller Methoden zurück. Ich weinte und betete um eine Lösung; betete um eine Lösung und weinte und die Lösung kam.

Er hieß Paul und war zehn Jahre älter als ich. Paul ist sicher das Beste, was mir in meinem Leben passiert ist. Er war pflichtbewusst, gewillt und zu einer spontanen Entscheidung fähig. Paul war Dachdecker und einer der gütigsten Menschen, die mir in meinem Leben begegnet sind. Ich lernte ihn einige Wochen nach der Beerdigung kennen. Er reparierte ein Leck, das durch ein par gesprungene Dachziegel unmittelbar über unserer Küche entstanden war. Das Wasser lief bereits an der Außenwand herunter um sich in einer Ecke des Raums, zu einem hässlichen Fleck zu sammeln. Es war nicht früher aufgefallen, da der Sommer in diesem Jahr besonders trocken gewesen war. Um den Schaden erkennbar zu machen, musste es ein par Tage kräftig regnen, was es kurz vor Pauls Erscheinen getan hatte. Wie der Schaden auf dem Dach genau entstanden war, konnte nicht bestimmt werden. Paul sagte, es müsse etwas Schweres drauf gefallen sein und das vermutlich öfter als einmal. Die Dachschindeln seien an einer Stelle so zertrümmert, dass ihr Zustand keine andere Schlussfolgerung zuließ. Paul musste es wissen, er machte seine Dinge gründlich und auf sein fachliches Urteil konnte man sich im Regelfall verlassen. Es war das einzige Mal, in den Jahren die ich ihn kannte, dass er sich im Hinblick auf seine Arbeit geirrt hatte. Das einzige Fenster, dass über der Küche lag und aus dem etwas auf das Dach hätte fallen können, war meins. Und aus meinem Fenster war sicher niemals etwas gefallen. Schon gar nicht öfter als ein mal und schon gar Nichts, das schwer genug war, das Dach zu beschädigen. Das hätte ich wissen müssen. Trotzdem lies mein Vater nach der Reparatur vorsichtshalber, die äußersten überhängenden Äste, des vor der Küche stehenden Wallnussbaums absägen. Nur um sicher zu sein. Schon so manches Unwetter, hat schwere Äste fallen lassen. Bei einen Vorbau, der sich lediglich über eine Etage erstreckt, wäre es sicher möglich gewesen, dass ein fallender Ast, einen schweren Schaden hätte verursachen könnten. Ich bedauerte seine Entscheidung sehr, denn ich hatte den Baum von je her besonders gerne gehabt. Wie sehr ich auch weinte und bettelte, es half nichts. Papa strich mir liebevoll über den Kopf, lobte meine ausgewachsene Liebe zur Natur und bestellte den Gärtner.

Das Beschneiden des Wallnussbaumes verursachte mir große Probleme. Wenn ich aus dem Fenster meines Zimmer sah, konnte ich seinen Annblick kaum ertragen. Das führte so weit, dass ich, nach einem der nächtlichen Treffen mit Paul, beim Aufstieg auf das Dach vom Rand der Regentonne abrutschte und mir beim Aufschlag auf den Boden, den Knöchel verstauchte. Drei Tage auf einem verstauchten Knöchel zu laufen, ohne mit der Verletzung weiter auf zu fallen, ist ein schmerzhaftes Unterfangen. Ordnung ist das oberste Prinzip meines Vaters. Er hat die Angewohnheit, alle Gartengeräte abends in der Garage einzuschließen. Auch die Leiter. Dabei ist das völlig unnötig, bei uns würde niemals jemand etwas stehlen. Wir wohnen zu weit außerhalb und die Menschen im

Umfeld haben zu viel Respekt vor Benny unserem alten Dobermann. Nicht mal der Postbote kommt bis an die Haustür. Er lässt die Post immer gleich unten, an dem alten Briefkasten, den mein Großvater vor Jahrzehnten an der Toreinfahrt angebracht hat. Dann würde er sich den weiten Weg, die Auffahrt hoch ersparen, sagt er. Ein anderes Argument hat er kaum zur Verfügung, denn in all den Jahren hat Benny, nur selten jemanden ernsthaft verletzt. Im allgemeinen belässt er es, bei gefährlichem Knurren. Nur die wenigsten Menschen haben keine Furcht vor ihm. Peter hatte keine und Paul auch nicht.

Ich schlief nur dreimal mit Paul ehe wir heirateten, mehr war nicht nötig. Die ersten beiden Male davon auf der Ladefläche seines Busses, den er von Berufswegen zum Transport seiner Materialien brauchte. Natürlich könnte man eine Brechstange im Rücken als hinderlich empfinden, allerdings fand ich schnell heraus, dass auch das seine Reize haben kann. Nach dem dritten Mal sagte ich ihm, dass meine Periode ausgeblieben war, was durchaus der Wahrheit entsprach. Er fragte nicht seit wann, deshalb wurden wir uns schnell einig. Natürlich achtete ich noch eine ganze Weile darauf, dass wir niemals bei Licht Sex hatten. Paul war der Meinung, das habe mit meiner jugendlichen Verschämtheit zu tun und damit, dass ich im Hinblick auf meinen Körper, durch den Tod meiner Kindheitsliebe, verunsichert war. Ich fand es sehr süß von ihm, das über mich zu glauben und äußerte mich nicht weiter. Überhaupt beschäftigte die Frage nach meiner psychischen Verfassung, viele Menschen und die Tatsache, dass die Gedanken die man sich um mich machte, sich so zu sagen in einem natürlichen Fluss befanden und damit ganz ohne mein Zutun nicht abrissen, verschaffte mir Bewegungsfreiraum. Vermutungen darüber, dass nur ein unbewältigter, andauernder Schock, für meine spontane

Schwangerschaft und die damit im Zusammenhang stehende Hochzeit, verantwortlich sein konnte, entsprach damit der allgemeinen Auffassung. Deshalb, kam der zu erwartende Skandal zwar, allerdings wurde er mit verhältnismäßiger Milde abgewickelt. Niemand konnte wirklich verstehen, warum ich letztendlich wirklich Paul heiratete. Aber das war auch gar nicht wichtig. Die Priorität lag darauf, Verständnis für mich und meine Situation zu haben und nicht für die leicht verwirrte Auswahl meines Ehemannes. Nach dem einige Tage später das Gerücht meiner Schwangerschaft die Runde zog, wirbelte noch mal anständig Staub auf, allerdings beruhigte sich die Situation danach sehr schnell. Mein Handeln und die große Not dahinter, wurde für viele Menschen plötzlich nachvollziehbar.

Alt eigngesessene Ortschaften sind ein spezielles Pflaster. Man könnte sagen, sie produzieren ihre Atemluft selber. Ist man draußen, weil man vor weniger als zwei Jahrhunderten zugezogen ist, kommt man kaum rein. Man kann wissen, das wird für ewig lange Zeit, so bleiben. Ein bisschen Geld kann da nur förderlich sein. Auf der anderen Seite hat man auch kaum eine Chance aus dem Verbund raus zu fallen, wenn man einmal drinnen ist, auch hier ist Geld eine förderliche Angelegenheit. Ich brauchte mir also im Grunde keine besonders großen Sorgen zu machen, was ich auch nicht tat. Meine Eltern haben Geld. Nicht so viel, dass sie sich darum Sorgen machen müssten, aber genug um durchaus einen angemessenen Status unter den Dorfbewohnern zu genießen und genug um fürs Falschparken nicht weiter belangt zu werden. Für eine Hochzeit unter Status, war ich auf jeden Fall gut und das wusste ich auch. Es war nichts was mein Leben für ewig belasten würde. Davon abgesehen war meine Ehe auch nicht für ewig geplant. Manchmal geht man einen notwendigen Schritt und wartet dann ab, wie das Leben sich entwickelt. So lange man ein festes Ziel im Auge und ein bisschen Zeit hat, muss man sich über wenige Dinge Sorgen machen. Auch wenn sich die Wogen glätteten, hatten die Bewohner des Ortes natürlich ihre Auffassungen, was meine Ehe anging. Mir persönlich wurde wenig übel genommen. Ich war und blieb, das Opfer unglücklich verknüpfter Umstände.

Das Augenmerk der Menschen, auf Paul war ein anderes. Obwohl er im Allgemeinen beliebt war, weil er seine Arbeit immer zur Zufriedenheit ausführte und davon abgesehen einfach ein wundervoller Mensch war, wurde ihm die Tatsache, dass er meine schwierige Situation so schamlos ausgenutzt hatte nur schwer verziehen. Aufrechter Mensch hin, guter Christ her, immerhin hatte er mich ins Unglück gestürzt und das konnte man schließlich nicht so einfach übergehen. Auch dann nicht, wenn man sich eigentlich keine offizielle Meinung, erlauben durfte. Was soll ich sagen, sie hatten natürlich recht. Auf der anderen Seite, nahm ich ihm diese Tatsache nicht besonders übel und ich finde, dabei hätten sie es auch lassen können. Ich bin ein toleranter Mensch und bemühe mich darum, nicht all zu sehr in Wertung, über meine Mitmenschen zu verfallen. So lange man niemandem zu sehr schadet, sollte schon jeder machen können was er will, glaube ich, auch wenn ich weiß, das meine Meinung für die Bewohner eines kleinen elitären Ortes, keineswegs repräsentativ ist. Auch die biedere, eingleisige Auffassung der Dörfler ärgern mich selten. Ich weiß wie sie sind, das reicht um mit ihnen umgehen zu können, mehr brauche ich nicht. Allerdings ärgerte mich ihr Verhalten, in dieser Situation, wirklich. Wie man so engstirnig sein kann, werde ich wohl niemals verstehen. Ich war schwanger, was ich ohnehin als Belastung empfand. Nebenher musste ich mich mit den Veränderungen die mein Leben hergab anfreunden. Das war nicht ganz einfach,

denn mein Leben mit Paul, war von vielen
Einschränkungen geprägt, die ich nie hatte kennen
lernen müssen. Seine finanziellen Möglichkeiten
blieben weit hinter dem zurück, was ich kannte und
was ich mir jemals hätte vorstellen können. Ich wollte
nicht jammern, also versuchte ich es mit Fassung zu
tragen, was mir mit der Zeit immer besser gelang.
Dann blieben plötzlich die Aufträge aus, weil einige
seiner Stammkunden, nach reiflicher Überlegung
beschlossen hatten, die Schweinereien, die er sich
erlaubt hatte und die ja im Endeffekt dazu geführt
hatten, dass er in der Hirachie nach oben heiraten
konnte, nicht unterstützen wollten. Ich empfand ihr
Verhalten im Höchstmaß als unsozial. Vor allem weil
ich weiß, das der ein oder andere von ihnen durchaus
einen Sohn im heiratsfähigen Alter gehabt hätte. Die
Tatsache, dass Paul sich so unangemessen
vorgedrängelt hatte, muss ihnen ein schwerer Dorn im
Auge gewesen sein.
Mangelndes soziales Bewusstsein war mir von je her,
ein rotes Tuch und natürlich setzte mir ihr Verhalten
gehörig zu. Sie gaben zwar vor in meinem Sinne zu
handeln, aber gleichzeitig machten sie mich zur
Leidtragenden ihrer Taten und das obwohl ganz klar
ersichtlich war, dass ich doch ohnehin das Opfer einer
unglücklichen Ereigniskette war.
Als ich nach nur acht Wochen Ehe, das erste Mal
meine Eltern besuchen musste um sie um Geld zu
bitten, war ich wirklich am Boden zerstört.
Dass mein Vater, nach wie vor recht ungehalten von
meiner übereilten Hochzeit war, blieb unübersehbar.
Trotzdem ließ ihn mein spontaner Tränenausbruch
etwas weicher werden. So kam es, dass grade er, der
jenige war, der mit Hilfe des Gemeindepfarrers unsere
Situation in ein vernünftiges Maß zurück lenkte. Am
kommenden Sonntag, gab es von der Kanzel herunter,
eine ausführliche, die Herzen erweichende Predigt
über Korruption, Nächstenliebe und Vergebung. Sie

war gut und gerne, um eine viertel Sunde überzogen und ziemlich dick aufgetragen. Ich besuchte den Gottesdienst zwar nur noch, alle zwei bis drei Wochen. Das lange Sitzen in den harten Holzbänken ermüdete mich wirklich, außerdem brauchen Schwangere ihren Schlaf. Er ist, für ein gesundes Wachstum des Kindes, unentbehrlich. An diesem Sonntag war ich, wie es der Zufall wollte, in der Kirche anwesend. Die Tatsache, dass ich schon gute drei Monate länger schwanger war, als alle vermuteten und noch keine wirkliche Ahnung hatte, wie man eine verfrühte Entbindung am besten einleitet, sorgte dafür, dass ich während der Predigt unter der Last meiner Probleme zusammen brach und laut zu weinen begann. Kurz darauf musste ich die Kirche verlassen. Meine schwangere Blase trieb mich dazu. Die Bewohner unseres kleinen Dorfes reagierten auf diese Konfrontation mit angemessener Betretenheit. Der ein oder andere wird sich schwer geschämt haben. Mit Recht. Schon in der nächsten Woche hatte Paul so viele Aufträge, dass ich ihn zuhause kaum mehr zu Gesicht bekam.
Und endlich kam ich einer Lösung meiner Probleme näher. Sie wurden so zu sagen durch den, für Schwangere üblichen, unwiderstehlichen Harndrang gelöst.

Mein Sohn Nico ist ein wahres Goldstück. Er ist vermutlich das zuverlässigste Wesen, das Gottes Schöpfung je gesehen hat. Nicht pünktlich und auch nicht besonders schnell, aber zuverlässig, in allem was er anfängt. Manchmal habe ich den Verdacht, er schlägt ein bisschen nach seinem Vater, denn auch der, machte auf mich, niemals einen wirklich flexiblen Eindruck. Was Nico angeht, so kann ich mich zumindest auf eins sicher verlassen: Er erscheint ganz sicher, aber in jedem Fall zu spät.
Das war schon immer so und galt von je her für alle Bereiche seines Lebens, die Schule, den Gottesdienst,

das Essen und den zu vermutenden Geburtstermin. Ich muss etwa zwei Wochen übertragen haben. Was den offiziellen Status meiner Schwangerschaft anging war ich mehr als zeitig dran. Allein meinen wirklichen, biologischen Iststand heraus zu finden kostete mich Wochen. Das ist gar nicht so einfach, wenn man überhaupt keine Ahnung hat, wie man die Dauer einer Schwangerschaft berechnet. Mein körperliches Befinden allerdings sprach von zweiundsiebzig abgeleisteten Monaten. Paul verabschiedete sich allmorgendlich mit der Bitte, den Haushalt einfach liegen zu lassen. Das Nötigste, sagte er, könne er schon schaffen, wenn er abends nach hause kommen würde, was selten vor zehn der Fall war. Der Rest konnte warten bis zum Wochenende. So machten wir es seit Wochen.

Ich stieg weder auf den Stuhl, weil ich vor hatte zu springen, noch weil ich vorhatte zu fallen. Auch wäre es gelogen, zu sagen, ich hatte wirklich Lust die Fenster zu putzen. Im Grunde war ich einfach auf der Suche nach Bewegung, weil ich die Hoffnung hatte damit die Wehen einleiten zu können. Was den Sturz anging, so vermute ich als Ursache dafür, die Tatsache, dass sich durch den Bauch meine Körperachse verlagert hatte. Jedenfalls habe ich mich gewaltig verschätzt und fiel vom Stuhl, direkt auf mein Steißbein, das noch über das Wochenbett hinaus schmerzhaft blau war. Zwei Stunden später musste die Hebamme kommen. Mit seinen fast acht Pfund auf vierundfünfzig Zentimeter Länge, trotz der vorzeitigen Entbindung, galt Niko fast als göttliches Wunder. Man war sich durchaus einig darüber, dass unser Herrgott an mir, einiges gut zu machen hatte. Es war also nur gerecht. Ich gab ihm den Namen seines Vaters, nicht weil ich besonders viel von ihm halte, sondern weil es mir irgendwie folgerichtig erschien. Auch wenn ich bis heute nicht ganz verstehe, wie man einen kleinen verknitterten, krebsroten Säugling, nach einem alten Mann mit wallendem, weißen Rauschebart benennen kann. Sein kompletter Name lautet Nicolas und nicht Nikolaus, dieser Kompromiss erschien mir verträglich und er erregte nicht all zu viel Aufsehen. Lediglich die Mutter seines leiblichen Vaters sprach mich einmal darauf an. Sie fand die Idee der Namensgebung ganz reizend und beschwor, dass Kinder mit diesem Namen, Persönlichkeiten mit einem ganz besonderen Geheimnis wären. Damals lächelte ich sie strahlend an, strich meinem Andershalbjährigen, mütterlich liebevoll, übers Haar und antwortete, dass sie mit dieser Annahme sicher nur richtig liegen könne. Kinder sind ja so spirituell.

So ging das Leben weiter. Es war nicht besonders aufregend und auch nicht abwechslungsreich. Nach Nicos Geburt beschloss Paul, dass es wichtig für uns wäre etwas Eigenes zu haben. Also übernahm er ein kleines Haus am Rande der Ortschaft, dass er in liebevoller Kleinarbeit restaurierte. Er verbrachte den Grosteil seiner Zeit damit, den Kaufpreis und die Kosten des Materials abzuarbeiten und ich sah ihn kaum noch. Auf dieser Basis kamen wir hervorragend miteinander zurecht. Mein Leben mit Nico war geruhsam und es genügte mir für eine Weile. Im Dezember nach Nicos zweitem Geburtstag, klingelte eines Abends gegen sieben das Telefon. Es war einer der Gutsbesitzer vom Berg. Das Wetter war wechselhaft gewesen, diese Tage. Mal schneite es, dann taute es, dann fror es wieder, dann hagelte es. Im Grunde konnte man niemals wissen womit man es zu tun hatte, so lange man die Nase nicht durch die Haustür steckte. Paul war noch nicht zuhause, da er jegliche notwendige Arbeiten am Haus übernahm, war er grade um diese Jahreszeit häufig mit Notfällen betraut. Die Bergleute haben bei der Witterung oft Probleme, durch die Höhe in der ihre Häuser liegen. Der Hagel hieß es, hätte eine Scheibe zerschlagen und das Loch müsse geflickt werden, bis man die Scheibe ersetzen könne. Als Paul nach hause kam aß und duschte er. Ich brachte Nico zu meiner Mutter, sie nimmt ihn immer Mittwochs und fuhr zügig zurück nach hause um Paul den Wagen zurück zu geben. Es war schon nach neun, als er zum letzten Mal in seinem Leben, ins Auto stieg um mal schnell etwas zu richten.

Es war eine wundervolle Beerdigung, tragisch aber schön. Ich trug ein finster schwarzes Kleid, das Schwärzeste das ich finden konnte. Die Rede die der Pfarrer am Grab hielt, war besonders anrührig. Er überzog etwa eine viertel Stunde und trug knüppeldick auf. Annähernd die ganze Gemeinde war anwesend und sah auf dem weiß verschneiten Friedhof aus wie ein großer Schwarm Krähen. Nico schrie und zappelte auf meinem Arm weil er runter wollte, aber ich hielt ihn noch ein bisschen fester als vorher. Das war er von mir nicht gewöhnt, deshalb schrie er ein bisschen lauter. Ich legte niemals viel Wert auf disziplinarische Maßnahmen. Irgendwann würde er in den Kindergarten gehen und ich nahm an, dort würde er wohl die notwendige Erziehung bekommen. Sein Schreien durchbrach die Stille auf dem Friedhof und der Pfarrer hatte große Not, gegen dieses schmerzbeladene Aufbäumen eines Zweijährigen Waisenkindes anzukommen. Ein par alte Damen weinten bei meinem Anblick. Ich war eine hoch belastete junge Witwe, noch nicht zwanzig Jahre alt und schon vom Leben hart geprüft. Natürlich genoss ich ihre Aufmerksamkeit und es tat mir gut zu wissen dass ich in Zukunft nicht alleine sein würde. Trotzdem wollte ich nach hause. Mir war kalt und ich hatte Hunger.

Der Polizist, der den Unfall aufgenommen hatte, hatte sich sehr bemüht, mich mit großer Umsicht zu befragen. Er hatte mir mehrere Pausen angeboten, nur für den Fall, dass ich die Belastung nicht ertragen würde, denn immerhin hatte ich erst kurz vorher erfahren, dass ich plötzlich und unerwartet zur Witwe geworden war. Er beschwor mehrfach, dass meine Befragung reine Routine sei und bot im direkten Gegenzug für die Unannehmlichkeiten seine Hilfe an. Ich bemühte mich sehr um Fassung und es rang mir einiges an Kraft ab, denn polizeiliche Befragungen sind eine langatmige und ermüdende Angelegenheit. Einige der Fragen erschienen mir durchaus logisch und nachvollziehbar, während ich über andere länger nachdenken musste. Unter anderem diese, ob mir Paul in den letzten Monaten fahrig und unausgeglichen vorgekommen war, oder ob er häufiger trank. So lange ich meinen Mann gekannt hatte, hatte ich ihn niemals mehr als ein Glas Bier oder Wein trinken sehen, aber fahrig war er in der letzten Zeit in der Tat gewesen. Wir hatten an den Abenden immer regelmäßiger Streit gehabt, dabei ging es immer um das selbe Thema. Paul wollte ein zweites Kind, ich nicht. Ich bin sicher, dass solche Auseinandersetzungen in Ehen nicht selten sein mögen, aber jetzt wo ich gefragt wurde, fiel mir auf, dass er in der Tat immer unangemessen aufgebracht reagiert hatte. Wie hatte ich der Verfassung meines Mannes nur so blind gegenüber stehen können. Die Erziehung unseres viel zu früh geborenen Kindes muss mich derart in Anspruch genommen haben, dass ich für alles andere taub geworden war. Hat man ein derartig zu früh geborenes Kind, macht man sich praktisch ständig Gedanken darüber, ob nicht irgendwo Defizite im Gehirn entstanden sind, die möglicherweise nicht auf Anhieb offenkundig werden. Im Grunde ist man ständig in Sorge. Ich schluchzte und der Wachmeister gab mir ein Taschentuch.

Pauls Tod war eine Verkettung unglücklicher Umstände, von denen sich nur ein Teil nachweisen lies. Über den Rest ließen sich zumindest schlüssige Vermutungen anstellen. Er war an diesem Abend den Berg hoch zu der kleinen Ansammlung Höfe gefahren. Die Menschen dort waren etwas erstaunt über sein Erscheinen, den einen Glasbruch hatte es nicht gegeben. Ein Umstand, den ich mir bis heute nicht erklären kann. Einer der Bergleute hatte ihm noch angeboten, ihn mit dem Schneepflug zurück ins Dorf zu fahren, aber er hatte abgelehnt. Er habe grade neue Winterreifen aufgezogen und außerdem Schneeketten dabei, soll er gesagt haben. So wurde es mir berichtet. Auf dem Weg ins Tal muss er ins Rutschen gekommen sein. Wie sich im Nachhinein heraus gestellt hat, waren die Bremsen durchtrennt. Der Wachmeister hatte vermutet, dass ein Marder, der versucht haben musste sich unter der warmen Motorhaube vor der Kälte zu flüchten, die Bremsleitungen durchgebissen
haben musste. Es war Glatteis an diesem Tag und der Wagen rutschte den Abhang runter, um am Fuße des Berges in eine zwanzig Meter hohe Eiche zu schlagen. In Pauls Blut wurden große Mengen Beruhigungsmittel nachgewiesen. Er sei, so sagte der Polizist sofort tot gewesen und habe nicht gelitten, aber das war gelogen. Zwar identifizierte ich meinen Mann nicht, es war nicht nötig, hier kennt jeder jeden, deshalb wollte man mir seinen Anblick ersparen, allerdings sah ich den Wagen nachdem er abgeschleppt worden war. Der ganze Fußraum war voller Blut, es muss Stunden gedauert haben. Mein armer Paul. Sein ganzes Leben war er fleißig, geduldig und freundlich. Einen solchen Tod hat er sicher nicht verdient.
Die nächsten Tage und Wochen erlebte ich wie eine Schlafwandlerin. Ich war weder wirklich anwesend, noch wirklich abwesend. Und nur allmählich begriff ich, was Paul Tod für mein Leben bedeutete. Zum

einen hatte ich kein Auto mehr, denn der Wagen hatte bei dem Unfall einen Totalschaden erlitten. Außerdem stand ich vor einem weit größeren Problem, ich konnte die Raten für das Haus nicht mehr bezahlen. Das war ein wirklich großes Problem und wohl zum ersten Mal in meinem Leben wusste ich mir wirklich keinen Rat mehr. Zwar hatte der zuständige Wachtmeister mir versprochen, sich um die Abwicklung mit der Versicherung zu kümmern, allerdings muss bei der Übermittlung der Unterlagen doch etwas falsch gelaufen sein. Die Ergebnisse von Pauls Blutuntersuchung hatten versehendlich dabei gelegen und jetzt weigerte sich die Versicherung zu zahlen. Meine Eltern hatten angeboten, ich könne wieder nach hause kommen, mein altes Zimmer stünde mir jeder Zeit zur Verfügung. Auch für den Kleinen würde sich schon etwas finden, versicherten sie. Aber immer wenn ich darüber nachdachte, musste ich an Paul, die zerschlagenen Dachziegel und den beschnittenen Wallnussbaum denken. Es machte mich einfach zu traurig, nach hause zurück wollte ich wirklich nicht gehen. Außerdem würde mir das Haus ohnehin irgendwann gehören, es bestand also keine Eile. Ich rief den Besitzer des Hauses an und erklärte ihm die Situation. Wie ich fest stellen durfte, wurde ich mit einem Menschen konfrontiert, der die Fähigkeit zu wirklich tiefem Mitgefühl besitzt. Wir hatten kaum eine Stunde telefoniert, als er sagte, ich solle mir keine Gedanken machen und vorerst abwarten, was die Verhandlungen mit der Versicherung ergeben. Ich dankte ihm unter Tränen und hängte ein.

Georg besuchte mich zum ersten Mal, nachdem ich auch die vierte Rate für das Haus nicht bezahlen konnte. Selbst verständlich bekam ich einen gehörigen Schrecken. Aber er kam keineswegs um sein Geld einzufordern, wie es sicher sein Recht gewesen wäre, sondern um sich nach meinem Befinden zu erkundigen. Für eine solche Anfrage hatte er einen angemessenen Moment erwischt, denn an diese Tag machte ich einer jungen und verzweifelt trauernden Witwe alle Ehre. Bereits den kompletten Morgen hatte ich mich übergeben. Ich sah aus wie der Tod und zitterte fürchterlich. „Sie haben ja ganz kalte Hände Kind" sagte er, als er sich zu mir an den Küchentisch setzte. Zwei Stunden später lag ich in Decken eingehüllt auf dem Sofa im Wohnzimmer und lauschte Georgs Kindheitserinnerungen, an denen er mich hatte teilhaben lassen, direkt nachdem er Handwerker zur Abdichtung von Fenstern und Türen, eine anständige Alarmanlage und Heizgas geordert hatte. Da Heizgas wäre wohl nicht mehr nötig gewesen, denn im Grunde war es nicht mehr kalt.

Aber er sagte, er sei ja immerhin noch der Besitzer des Hauses, also müsse er sich auch darum kümmern. Georg ist wohl das Beste, was mir passieren konnte. Er ist so klug und verständnisvoll. Noch niemals vorher habe ich einen solchen Menschen getroffen. Eigentlich heißt er nicht Georg. Er heißt Karl Georg Magnus Theodor Konstantin Johann Damian Baptista von und zu Dublettern. Aber er sagt, das wäre ihm zu umständlich und Georg hört er am liebsten. Im folgenden Monat überschrieb er mir das Haus. Ich solle sagte er, mir um das Geld keine Gedanken machen, er habe wirklich genug davon, um das selbe sein ganzes Leben auch schon zu tun. Dann lachte er. Ich war einen Moment sprachlos, denn irgendwie erschien mir das Ganze zu einfach, darauf war ich nicht eingestellt gewesen. Auf der anderen Seite hatte er recht, das wusste ich genau. Im Heimatmuseum hatte ich einmal ein großes Portrait eines seiner Vorfahren gesehen. Es hing deshalb dort, weil dieser Ahne mit dem ebenfalls unaussprechlich langen Namen, der Begründer der Gemeinde war. Schon die Tatsache, dass die Männer dieser Familie schon seit Generationen, unverkennbar das selbe Gesicht haben, während ich junge, arme und verwitwete Mutter bereits in der zweiten Schwangerschaft, darum bangen musste, wem das Kind am Ende ähnlich sehen würde, war eine zum Himmel schreiende Ungerechtigkeit. Also nahm ich dankend an. Die Monate vergingen und zwischen Georg und mir entwickelte sich etwas wie eine tiefe Freundschaft. Allerdings begann mein Bauch sich zu runden und die Menschen fingen an hintervorgehaltener Hand Vermutungen auszutauschen. Da ich weitgehend glücklich war und im Grunde eine Menge Dinge gewonnen hatte, die ich mir in den letzten Jahren nicht hatte erlauben können, war mir das ziemlich egal. Das Problem vor dem ich dieses mal stand, hatte ich bereits in abgewandelter Form kennen gelernt und damals hatte ich es lösen können. Allerdings rechnete ich damit, dass ich dieses Mal mit voller Absicht und erheblich früher, vom Hocker fallen müsste. Der Gedanke verursachte mir Übelkeit.

Als Georg mich das nächste Mal besuchte, kam er in einem fabrikneuen roten Kombi, dessen Schlüssel er mir auf den Tisch legte. Der Anblick dieses Schlüssels auf meinem Küchentisch berührte eine lange verschüttete Seite in mir. Es war, als würde ein altes Trauma zum Ausbruch kommen. Ich bekam einen Nervenzusammenbruch und der Arzt musste gerufen werden. Er spritzte mir ein sanftes Beruhigungsmittel und verordnete mir absolute Bettruhe. Es sei selbst verständlich, dass ich in diesem Zustand nicht alleine im Haus bleiben könne, sagte Georg. Zwei Tage später zogen Nico und ich zu ihm. Wir heirateten kurz vor der Entbindung und wie man sich vorstellen kann, fiel ich nicht rechtzeitig vom Hocker. Es ging nicht, denn wenn man aus Sorge um die Gesundheit rund um die Uhr beaufsichtigt wird, fehlen die Möglichkeiten für außerordentliche Aktivitäten. Allerdings war das auch gar nicht nötig. „Was nicht passt, wird passend gemacht. So war das bei uns schon immer und so wird

es auch bleiben.", sagt Georg immer und wie mir scheint hat er im Hinblick auf Passform ein ganz besonders kreatives Talent. Im Grunde ist es doch genau so, wie ich es mir immer vorgestellt hatte. Mit ein bisschen Geld ist alles zu erreichen und man verschwendet viel weniger Zeit. Sogar die Pflanzen wachsen besser. Georg ist Hobbygärtner.
Er züchtet die exotischsten Pflanzen. Meine Mutter ist ganz angetan von ihm. Mein Vater hat natürlich wie immer seine Vorbehalte. Er glaubt, es sei ungünstig, dass Georg fast achtundzwanzig Jahre älter ist, als ich. Aber es ist wohl das, was er als Vater sagen muss. Ich persönlich glaube nicht, dass der Mann, den er für seine Tochter angemessen fände, schon geboren ist. Georg hat viele Vorteile. Er erfreut sich bester Gesundheit, hat keine gefährlichen Hobbys und muss nicht arbeiten. Um seine Pflanzenleidenschaft mache ich mir von Zeit zu Zeit ein wenig Gedanken, auch wenn ein Gewächshaus an sich kein gefährlicher Ort ist. Er arbeitet dort mit einer Menge hoch giftiger Chemikalien. Solche, die selbst Gärtner niemals ohne Handschuhe nutzen. Der Gärtner hat mich jetzt schon zum zweiten Mal angesprochen und gesagt, er habe Georgs Arbeitshandschuhe auswechseln müssen, weil er auf der Innenhand winzige Löcher gefunden hat. Ich finde er sollte wirklich besser aufpassen, denn mit der Gesundheit spaßt man nicht. Als ich ihn darauf ansprach, lachte er nur und sagte, ich soll mir meinen hübschen Kopf nicht über so trüben Gedanken zerbrechen sondern darüber nachdenken was ich mit meiner Zukunft anfangen will, jetzt wo mir die Welt offen steht. Ich musste lachen und antwortete: „Nun ja, ich glaube zuerst mache ich mir Gedanken, um ein par notwendige Schritte und dann werde ich abwarten und sehen wie das Leben sich entwickelt."

Ausgerechnet Corri

Eigentlich war alles gut. So zu sagen, fast ein bisschen zu gut, um wahr zu sein. Konstantin und Konstanze, was sollte das auch werden, außer der höchste Himmel oder das tiefste Fiasko? Konstantin sagte immer,
„der Nikolaus hat uns in sein großes Buch geschrieben".
Unsere Eltern verstanden sich hervorragend. Sogar die Mütter. Immer dann, wenn wir so schnell es ging, mit den Jacken, in der Hand flohen und die Schuhe erst im Auto anzogen, weil im Wohnzimmer grade peinliche Jugendgeschichten getauscht wurde, dann war die Welt völlig in Ordnung. Zwar waren die Socken nass, aber auch mit trockenen Socken, hätte ich nirgendwo lieber sein wollen. Wen stören schon Rotznasen, wenn er richtig verliebt ist. Alles hätte gut sein können. Die Hochzeitsreise war geplant und das Häuschen meiner Großmutter, umgebaut und renoviert.
Mietfreies Wohnen ist gut, wenn man noch in der Ausbildung ist. Immerhin fehlten mir voraussichtliche zwei Semester. Konstantin war schon fertig, mit dem Studium und hatte eine Stelle, mit wirklich guten Zukunftsaussichten. Schade, dass er sie später verloren hat. Er hätte es wirklich weit bringen können. Er sagte damals, dass ich noch nicht so weit bin, wäre ihm egal, er nähme mich trotzdem. Das fand ich ziemlich süß von ihm, echt gönnerhaft.
Damit, dass er im Anschluss aus dem Bett fallen, dreimal über seine Füße fallen, aus dem Haus stürmen, alle Türen offen stehen lassen und mit einem kleinen blauen Döschen und einem riesigen Strauß Rosen wiederkommen würde, hatte ich nicht gerechnet.
Eigentlich war ich grade dabei, ein bisschen sauer zu werden. Es ist nicht schön, völlig nackt in einem Bett, mit viel zu dünnen Decken zu liegen, wenn die

Haustüre zwei Meter weiter, offen steht. Das Bett
stand praktisch im Hausflur. Was soll man auch
machen, mehr als siebzehn Quadratmeter können sich
halt, arme Studenten einfach nicht leisten. Meinen
Ärger hatte ich sofort vergessen, weil ich mich so arg
an meiner eigenen Spucke verschluckt hab. Er ist mir,
erst am nächsten Morgen wieder eingefallen, als ich
feststellte, dass die Autotür immer noch weit offen
stand.

Konstantin ist nicht so der formale Typ, das macht mir
wirklich nichts aus. Aber diesen Mann mit den
Worten:"Konstanze, willst Du mich heiraten?" vor mir
knien zu sehen, das fand ich toll. Konstanze wollte
und wie.
Der Ring war toll. Einmal war er, der Ehering meiner
Großmutter, verkleinert und mit einem winzigen Opal.
Das Thema war offensichtlich von langer Hand geplant
worden, mit der freundlichen Unterstützung, meiner
Mutter. Dass sie, diesen Ring wirklich raus gerückt
hat, fand ich beeindruckend. Ich wusste, dass sie
Konstantin immer gemocht hatte, vor dem Streit, aber
die Sache mit dem Ring ließ darauf schließen, dass sie
ihn in Wahrheit förmlich angebetet haben muss. Ich
nehme an, sie hat es nicht so raus hängen lassen,
damit ich nicht eifersüchtig werde. Heute verlässt sie
das Zimmer, wann immer die Sprache zufällig auf ihn
fällt. Sie muss dann immer zufällig, noch schnell was
holen.
Mama ist Sammlerin, wertvoller, kleiner Schätze,
manche wiegen schwerer, als andere. Dieser Ring
jedenfalls wog Tonnen. Allerdings fühlte er sich, an
meinem Finger ganz leicht an. So wie es sein sollte.
Im Grunde, war alles leicht, sogar die Verlobungsfeier,
mit zwei Familien inklusive Tanten und Großtanten.
Sogar, Konstantins Motorradclub schaffte es, sich zu
benehmen. Niemand fiel in Ohnmacht, keiner heulte,
es war himmlisch. Und mein Vater machte den blöden

Witz mit „mein spätes Mädchen" nur zwei oder drei
mal. Das schlimmste war, mein kurzer fliederfarbener
Wollrock, der juckte, als würden mir tausend Ameisen,
über den Hintern laufen. Das Beste war der
Nudelauflauf, seiner Schwester Isabelle. So weit so
gut. Als wir an diesem Abend, im Bett lagen, glücklich
und müde, war es eidesstattlich beschlossen,
verabschiedet und verkündigt. Wir würden heiraten.

Im Grunde hätte nichts dazwischen kommen dürfen.
Im Grunde. Dass die Hochzeit zwölf Wochen später
platzte und beide Familien seit dem total zerstritten
sind, war nicht meine Schuld. Ich hätte viel lieber über
die Zukunft gesprochen. Die würde rosarot sein, daran
bestand kein Zweifel und jeder Himmel würde, wegen
Überfüllung geschlossen werden müssen, für
schätzungsweise die nächsten achtzig Jahre. Der
Geigen wegen. Ich war mir sicher, so würde es sein.
So sicher.

Allerdings hätte ich auch alles was im „Ein- Zimmer-
Schlaf-Fach" besprochen wurde, auch ganz gerne dort
gelassen. Es ist das oberste Gesetz unter Eheleuten.
So wohl meine Großmutter, als auch meine Mutter,
haben das immer ganz besonders, betont. Deshalb
haben sie auch ihr ganzes Leben lang glückliche Ehen
mit dem selben Mann geführt. Schließlich handelt es
sich dabei um ganz private Angelegenheiten. Im
Grunde hätte ich es auch gleich im „Plärrer" drucken
lassen können. Das hätte ich nie von ihm erwartet,
auch wenn mir natürlich klar war, dass jede Beziehung
irgendwann, ein par Schattenseiten mitnimmt. Der
zweite Paragraph im großen Buch des Ehegesetzes
lautete, man muss dem anderen Freiheiten lassen.
Damit man nicht beginnt ihn zu langweilen.
Langeweile ist der Tot der Liebe. Meine Oma hat
immer gesagt: „Guck Dir langweilige Gärten an, das
wächst nicht mal Unkraut, freiwillig. Im Grunde

machte ich mir um keine der beiden Regeln Sorgen, sie standen zwischen Konstantin und mir nie zur Debatte. Diese Themen waren, einfach, nicht diskussionsfähig. Die dritte Regel im Knigge der guten Beziehung, hätte ich uns zugegeben gerne erspart. Eigentlich ist sie, keine wirkliche Hilfestellung, sondern mehr eine Sofortmaßnahme am Unfallort. Sie lautet: „Reisende soll man nicht aufhalten".

Früher dachte ich, dass Emotionen eine gute Sache sind. Außerdem habe ich geglaubt, Emotionen und Gefühle sind das selbe. Heute kenne ich den Unterschied: Gefühle sind das, was wir in uns tragen.Emotionen sind das was von außen reinkommt und in kurzer Zeit, alles was in uns ist, total kaputt macht. Ausgerechnet Corri.

Eigentlich fing alles ganz harmlos an. Konstantin hatte die Idee, dass wir uns total kennen sollten, wenn wir heiraten. „So zu sagen maximale Verschmelzung". Zwar fand ich die Idee merkwürdig, aber ich hatte nichts dagegen. Der Gedanke der „totalen Verschmelzung", hätte mir vielleicht damals schon, ein deutliches Zeichen sein können. Schließlich bedeutet er in letzter Konsequenz, dass ich nicht mehr da bin. Ich glaube, ich war einfach zu glücklich, um so weit zu denken. Typisch.
„Wieso, Du weißt doch schon alles." antwortete ich und war mir da ziemlich sicher. Wenn ich bedenke, dass ich mir tagelang, das Hirn zermartert habe, um etwas zu finden, das er, wenigstens halbwegs spannend finden könnte. Das war ein wirkliches Problem für mich, ich fand den Gedanken, meinen Mann schon vor der Hochzeit, zu Tode zu langweilen, verhältnismäßig unsexy.

Die Geschichte, als Max mir, bei unserer Kommunion, in der Kirche auf die Schuhe gekotzt hat, weil er den

Weihrauch nicht vertragen konnte, hatten wir schon. Ich glaube, ich habe den ganzen Tag, nach vergorenem Tomatensalat gestunken. Außerdem, den Tag, als ich in der ersten Klasse, auf dem Nachhauseweg meine Strumpfhose und meine Unterhose auszog, weil mir peinlich war, dass ich mich nass gemacht hatte. Ich hatte gehofft meiner Mutter würde es nicht auffallen. Aber natürlich ist es ihr aufgefallen, es war schließlich November. Am nächsten Tag hatte ich eine Blasenentzündung. Außerdem, habe ich auf der ersten Klassenfahrt, mit Werner geknutscht. Zugegeben, das war ziemlich eklig. Als ich dreizehn war, hab ich mich Silvester fürchterlich betrunken, weil ich nicht wusste, dass in Bowle Alkohol ist. Danach habe ich für lange, lange Jahre keinen Tropfen Alkohol mehr angepackt. In der siebten Klasse, bin ich von meinem Mathelehrer, beim Zinken erwischt worden. Mein Spickzettel, ist mir ins Heft gerutscht und ich habe ihn nicht, unauffällig, wieder finden können. Am Ende musste ich, alle Arbeitsblätter raus nehmen und kassierte einen Sechser, weil der Zettel, blöderweise, gleich obenauf lag. Das war insofern dumm, weil es vermutlich die einzige Mathearbeit, meines Lebens war, mit der ich inhaltlich etwas anfangen konnte. Das hätte gut und gerne eine Zwei werden können. Ich hatte, den scheiß Zettel überhaupt nicht benutzt, aber natürlich hat es zuhause, fürchterlich, was gesetzt. Nicht wegen der Pfuscherei, sondern weil ich mich habe, erwischen lassen. Danach gewöhnte ich mir, in meinen Heften, mehr Ordnung an. Mit Hängen und Würgen, fiel mir noch ein, dass ich den Pfarrer in der Beichte, einmal belogen habe. Wegen der Knutscherei mit Werner. Ich hatte versprochen, es nie wieder zu tun. Das war eine wirklich illusorischer Gedanke. Es war schon klar, dass ich es wieder tun würde, denn Werner war einfach, das perfekte Übungsobjekt. Damals, fand ich das durchaus, ganz in Ordnung. Im Grunde finde ich es erst eklig, seit ich mehr Erfahrung habe. Davon abgesehen ist Werner ganz nett, nur Knutschen will ich, mit ihm nicht mehr. Dann, fiel mir erst mal, nichts mehr ein, aber leider habe ich, ja dann doch noch was gefunden.

Hätte ich besser darüber nachgedacht, dann wäre ich vielleicht ein bisschen vorsichtiger gewesen.Dass man als Erwachsener, so weit denken muss, selbst wenn man sich, überhaupt keiner Schuld bewusst ist, das war mir damals einfach nicht klar. Nicht im Bezug auf Konstantin. Ich dachte immer, wir können uns alles sagen. „Schande dem, der Böses denkt.'' dachte ich immer. Sir Lancelot war ein cooler Typ, finde ich. Das Problem an mir ist, dass ich einfach zu ehrlich bin. Im Grunde habe ich, wenige Dinge getan, von denen ich nicht überzeugt war, weshalb meine Gründe, zum Lügen, einfach zu schlecht sind. Einmal wollte Konstantin von mir hören, dass mir die Sache mit Corri leid tut. Leider, habe ich es nicht geschafft, meine Beteuerungen glaubwürdig genug, zu transportieren. Der Grund dafür ist einfach. Es tut mir nicht leid. Kein bisschen.
Alles fing damit an, dass Konstantin sich einen genauen Zielplan ausdachte. Für eine gute, allumfassende Planung, ist er immer zu haben, er ist ein sehr strukturierter Denker, wenn er sich einmal, was in den Kopf gesetzt hat. Ich bin eine ziemliche Chaotin, halt frei kreativ. Vorsatz, ist einfach nicht, meine Baustelle. Drei Monate hatten wir Zeit. Drei Monate lang, eine halbe Stunde abendlich, das sind immerhin, fünfundvierzig Stunden, um sich bis in den Sandkasten, zurück zu erinnern und an alle Geheimnisse zu erzählen, die man jemals hatte. Unterm Strich betrachtet zwei und zwanzig ein halb Stunden, für jeden. Im Grunde hatte ich damit gerechnet, dass wir nach der sechsten Stunde, unsere Zeit, ohnehin, anders verbringen würden. Die Idee

war in sofern nicht ganz falsch, weil wir ungefähr bis zur sechsten Stunde, gekommen sind. Allerdings ging es danach irgendwie anders weiter, als ich es mir vorgestellt hatte. Löffelkuscheln, war nicht mehr wirklich gefragt. Die Löffel, wurden plötzlich, dringend, in der Küche benötigt und zwar ausschließlich, zum Rühren von Kaffee oder Tee. Etwas muss man halt tun, wenn man sich Tage lang, zu allen gemeinsamen Mahlzeiten, schweigend gegenüber sitzt. Nie hätte ich gedacht, dass ein Mann so nachtragend sein kann. Grade nicht Konstantin. Wieso konnte er mir nicht einfach verzeihen, dass ich eigentlich, gar nichts Schlimmes gemacht habe. Ich war es wirklich nicht, nein. Es war ausgerechnet die arme Isabelle. Und im Grunde genommen, hat sie genau so wenig, angestellt hatte wie ich. Wir haben, so zu sagen, beide den selben, richtigen, Fehler gemacht. Ich beendete meine Ehe, vorzeitig, mit genau fünf Wörtern: „Ich habe mit Corri geschlafen.“

Hätte ich gewusst, dass Konstantin Corri kennt, dann hätte ich, das böse Ende der Angelegenheit, vielleicht noch abbiegen können. Aber ich wusste es nicht. Was ich sehr wohl wusste war, dass Isabelle, Corri ganz gut kennt. Das wusste ich schon, bevor ich Isabelle selber, kennen gelernt hatte. Praktisch jeder wusste es. Eine regionale Größe zu sein, ist ein schwieriges Thema. Man kann kaum atmen, ohne dass jemand, genauestens, Bericht darüber erstattet. Ich hatte große Probleme, mich an diesen Gedanken, zu gewöhnen. Presse macht mich, irgendwie immer nervös. Aber Konstantin beruhigte mich. Das sei alles gar nicht so schlimm. „Mach es wie ich“, hat er gesagt, „einfach lächeln“. Zwar war ich noch nicht in die Notwendigkeit gekommen, das Wissen aus meinem „Medien – Crashkurs“ anzuwenden, aber ich gelobte, nicht nervös zu sein und es wenigstens zu versuchen. Mittlerweile beherrsche ich es ganz gut. Auch das ist nicht meine Schuld. Wäre doch alles, was unter uns besprochen wurde, auch dort geblieben... Aber das war nicht der Fall. Schuld daran war Konstantin. Man könnte sagen unser „Was Du nicht weißt – Spiel" hat in kürzester Zeit einen totalen Kurzschluss verursacht.

Manchmal, würde ich ihn gerne danach fragen, wo er eigentlich war, als der Schnellkurs „Umgang mit den Medien" gegeben wurde. Aber die Frage sollte ich mir sicher besser sparen, außerdem redet er sowieso nicht mehr mit mir.
Um Konstantin tut es mir im Grund nicht leid. Der Esel, hat uns den Schlamassel, schließlich eingebrockt. Es tut mir leid um seine Mutter, die als der Skandal den Zenit erreicht hatte, fast, einen Herzinfarkt bekommen hätte. Natürlich auch um seinen Vater. Selbst, wenn der einen Teil der Schuld daran trägt, er hätte ja schließlich auch Bäcker werden können. Aber am meisten tut es mir leid um Isabelle. „Liebe liebe Isabelle, ich weiß, dass das heute vermutlich nichts besser macht, aber ich bedauere die Situation wirklich sehr. Sollte ich Deine Gefühle verletzt, oder Deinem Leben in andere Art und Weise beeinträchtigt, dann bitte ich hiermit um Entschuldigung. Das alles ist nur passiert, weil dein Bruder so ein kurzsichtiger und unkontrollierter Trottel ist, der kaum Grenzen kennt; die wenigsten davon findet und einfach nicht versteht, wann man dringend, mal, einen Punkt machen muss. Den letzten Moment, die Maschine rum zu ziehen, bevor er, uns alle, vor die Wand fährt, hätte er, einfach finden müssen. Aber leider fand er ihn nicht." Ich mag Isabelle, sie ist eine tolle Frau. Sehr patent für ein Mädchen und wirklich praktisch veranlagt. Mit praktischen Frauen verstehe ich mich besser, als mit diesen hochgestilten Mäuschen, denen alle Nase lang, ein Fingernagel abbricht. Wir sprechen die selbe Sprache. Außerdem mag sie Pferde. Schon aus diesem Grunde, hätte ich mich freiwillig, zu diesem Thema,

nie geäußert. Ich habe es erst getan, als es, aber auch wirklich, keine Möglichkeit mehr gab, als viel Platz und am besten einige unüberbrückbare Barrikaden zwischen, diesen spontan mutierten Mann, der einmal beschworen hatte, dass er mich liebt und mich zu bringen. Natürlich, weicht die Auffassung über das was Liebe ist, von Mensch zu Mensch, ein bisschen ab. Aber die Vorstellung, die Konstantin zu haben schien, zu dem Zeitpunkt, als ich die Kamera im Badezimmer mit Kaugummi verklebte, die kann ich wirklich nicht teilen. Außerdem würde ich sie nur ungern wiederholen. Es war fürchterlich. Zuerst, wollte er mich nicht mehr haben, dann wollte er mich nicht mehr los lassen, dann nicht mehr haben dann nicht mehr los lassen. Als ich ihn nicht mehr haben wollte, wollte er mich, weder haben noch los lassen. Das war am Schlimmsten. Vor allem, weil ich zu diesem Zeitpunkt nur noch eins wollte: Ich wollte weg und zwar so weit und schnell wie möglich. Und all das nur wegen Corri. Eifersucht ist Leidenschaft, die mit Eifer sucht, was Leiden schafft.

Das Problem war nicht, dass ich schon vor unserer Beziehung, mit jemandem geschlafen hatte. Mit Corri übrigens weit vor unserer Beziehung. Man muss ein bisschen sprachkundig sein, um das Problem, in seiner Tragweite zu verstehen. Corri ist flämisch und heißt übersetzt „Mädchen", was zumindest anteilig, den Tatsachen entspricht. Im Grunde würde es „Frau" eher treffen, denn Corri war damals schon über fünfzig und ich war ein echtes Küken, grade neunzehn. Rein rechen technisch müsste sie heute in etwa so alt sein, wie Ludwigs Vater.
Vermutlich, hätte er mir viele Frauen verziehen. Mit großer Wahrscheinlichkeit alle, außer seiner Mutter, seiner Schwester, seinen Cousinen, die Frau seines Chefs und Corri. Corri ist wohl aus dem ganzen Sortiment, genau diejenige, die er mir am aller

wenigsten nachsehen konnte. Das selbe trifft wohl auch auf Isabelle zu. Ein bisschen unglücklich, ist der Umstand, dass er sich in diesem Punkt, mit dem Rest seiner Familie einig war. Diese Einigkeit war kein Hausstandard. Und sie hatte wirklich böse Folgen.

Was genau, das Problem an lesbischen Beziehungen ist, habe ich nicht verstanden. Schließlich leben wir nicht mehr im Mittelalter. Im Grunde, ist die weibliche Homosexualität, immer ein bisschen besser weg gekommen, als die männliche. Immerhin, war Sex zwischen Frauen, noch nie strafbar. Da haben wir, den Männern gegenüber, wirklich eine Vorteil gehabt. Auch wenn der Nachteil, sicherlich vielfach, die falschen Männer betrifft. Immerhin waren und sind, einige der berühmtesten Frauen und Männer bekennend schwul. Das ist doch keine Schande. Ich persönlich, finde schon den Namen, dieser ganz besonderen sexuellen Ausrichtung, wundervoll. Lesbos soll eine sehr schön Insel sein. Ich war zwar noch nie dort, aber eines Tages, werde ich sie mir ansehen. Wie man täglich in einer Gesellschaft leben kann, zu deren guten Ton es gehört, Homosexuelle im Bekanntenkreis zu haben und mit ihnen zu verkehren, aber unter Todesstrafe verboten ist, selber schwul zu sein, habe ich noch nie verstanden. Manches, geht mit Männern, einfach nicht. Ein Mann in hohen schwarzen Pumps, fällt mir schwer im Bett. Manche Dinge muss man eben ausprobiert haben. Sonst, kann man ja nicht wissen, wie es sich anfühlt. Die Pumps im Bett, habe ich übrigens schnell wieder abgeschafft, auch als ich nicht mehr mit Frauen schlief. Der Schwund an Betttüchern ist einfach zu groß.

Als Konstantin aus dem Bett sprang und ungefähr fünf Mal sagte: „Sag das noch mal." Habe ich, auf jeden Fall nicht verstanden, worum es hier eigentlich geht. Also sagte ich es nochmal und nochmal und nochmal.

„Ich habe mit Corri geschlafen." Erst nach dem vierten oder fünften Mal kam ich auf die Idee mal was anderes zu sagen. Also fragte ich: "Ach, Ihr kennt Euch?" In der Tat, so war es. Manchmal, funktioniert meine Informationsverarbeitung, irgendwie zu langsam. Zuerst dachte ich, sie hätten mal das selbe Mädchen angemacht, oder so. Ich meine, über solche Dinge kann man doch reden. Es hätte auch gut sein können, denn eigentlich hatte Corri immer, ein ganz gutes Augenmaß, was Frauen angeht. Auf der anderen Seite, ist sie natürlich, ein ganzes Stück älter als er. Dass sie immer eine Vorliebe, für so junge Frauen hatte, kann ich mir nicht wirklich nicht vorstellen. Ich glaube, nur Isabelle und ich waren so jung.

Und dabei ist Corri eine wirklich tolle Frau. Ich habe noch selten einen so freundlichen, unvoreingenommenen Menschen getroffen. Wir haben uns damals im Altenheim kennen gelernt. Ich habe dort mein Anerkennungsjahr gemacht und später gejobt. Corri war dabei auf Altenpflegerin umzuschulen. Sie machte ein Jahrespraktikum. Es scheint eine geheime Verbindung zu geben, zwischen Pflegeberufen und Homosexualität. Für mich, lässt das darauf schließen, das Lesben und Schwule, sehr liebevolle Menschen sind. Ich kann diesen Eindruck nur bestätigen, denn ich habe es niemals anders erlebt. Das Arbeiten in der Pflege, ist oft nicht schön und meistens ziemlich schwer. Man muss trotzdem, gute Laune haben, denn schließlich arbeitet man dort für Menschen, die oft Heimweh und ein viel größeres Liebesbedürfnis haben, als selbstständige Menschen. Allein, dieser liebevolle Bezug zum Leben, sollte der Grund dafür sein, Menschen Liebe und Respekt, statt Verachtung und diese merkwürdige Idee, von krankhafter Veranlagung, entgegen zu bringen. Ich packe ja auch nicht jedes mal den Rosenkranz aus, nur weil ich vermute, dass mein Gegenüber die

Missionarsstellung mag. Vielleicht ist das der Grund
dafür, dass ich Isabelle so gern habe. Ich habe viel
übrig für liebevolle Menschen. Meine Überzeugung ist,
dass das innere Wesen, des Menschen, gut ist.
Jemand dem man deutlich ansieht, dass er ein guter
Mensch ist, kann doch gar nicht falsch rum sein. Corri
jedenfalls war das nicht. Corri war einfach goldrichtig.
Sie ist wie gesagt Holländerin. Ich habe ein schwaches
Herz für Holländer, immer schon gehabt. Zwar spielen
sie Fußball, wie die Wildschweine, aber im täglichen
Leben, habe ich sie ganz anders erlebt. Ich fand sie,
schon immer so gelassen und lebensfreundlich. Sie
sind viel liberaler als wir. Man muss mit ihnen, nicht
immer so viele, anstrengende Dinge diskutieren.
Irgend wie schaffen sie es, in jeder Situation, ein
Stück Sonnenseite, zu finden. Das finde ich toll. Corri
ist mit Abstand, der liberalste Mensch, den ich je
getroffen habe. Außerdem ist sie sehr klug. Es ist nicht
zu fassen, was ein Mensch alles wissen kann. Damals
war sie, mit einem achtzehn Jahre jüngeren, Pakistani
verheiratet und hatte Freundinnen, nebenher. Sie
sagte, das stört ihn nicht und so war es auch. Mich
störte es auch nicht, wir waren ja streng genommen
kein Paar. Nicht so wie Corri und Isabelle. Einmal,
haben wir sogar morgens, zu dritt gefrühstückt. Er
war sehr still und nett.

Wir sind damals, regelmäßig, nach der Arbeit,
miteinander, weg gegangen. Da ein großer Teil meiner
Kollegen homosexuell war, war es nie eine Frage, wo
wir hin gehen. Man könnte sagen ich hab mich
angepasst. Im Grunde war es eine wirklich gute
Erfahrung. Für mich, war es viel einfacher, im
Anschluss bei Corri zu schlafen, als nach hause zu
fahren. Manche Dinge passieren einfach. Das ist
übrigens überall so, auch wenn es Menschen gibt, die
behaupten, bei ihnen gibt es so was nicht. So ist es
schon, manche Dinge passieren einfach. Im Grunde

genommen, bin ich niemals wieder, so charmant verführt worden. Nicht vorher, schließlich war ich erst neunzehn. Und hinterher leider auch nicht. Nichtmal von Konstantin. Es ist ein echter Jammer. Ich hab immer gedacht, Konstantin sieht so aus, als könnte er auch, Holländer sein. Das mag daran liegen, dass ich einen Mann aus Holland kenne, dem er wirklich extrem ähnlich sieht. Den habe ich richtig gern gehabt. Man soll halt nicht, von der Optik auf die Geisteshaltung, schließen. Jedenfalls kam ich dahinter, dass ich mich wirklich, sehr getäuscht hatte. Das war in dieser Dimension, überhaupt nicht, absehbar gewesen. Ich habe wirklich geglaubt, er liebt mich. Im Grunde ist es für uns beide sicher besser so. Viel schlimmer wäre gewesen, wir wären hinter unsere, unüberbrückbaren Differenzen gekommen, nach dem zehnten Ehejahr oder so. Man stelle sich vor, wir hätten dann, gemeinsame Kinder gehabt. Die, hätten bestimmt schwer, unter dieser Situation gelitten. Im Grunde bin ich dahinter gekommen, dass er mich eigentlich nur besitzen wollte.

Ich denke, was Ina Deter auch mal dachte: Und...mit Dir wollte ich blauäugige Monster zeugen..." Also, ob ich wirklich nochmal anfange Monster zu zeugten, das weiß ich noch nicht. Aber die Chancen, dass sie braune Augen haben würden, wie Mami, sind ziemlich gut. Sie werden praktisch von Minute zu Minute besser. Heute, ist Corri übrigens schon, eine ziemlich alte Dame.

Es dauerte lange, nachdem Konstantin, in diesem Tempo aus dem Bett gefallen war, bis er sich wieder so weit abgeregt hatte, dass er überhaupt einen vernünftigen Satz sprechen konnte. Trotzdem wurde die Kommunikation nicht wirklich ergiebiger. Der nächste Satz, den er benutzte war: „Ich kann es nicht glauben, dass Du das getan hast." Diesmal beschloss ich, klüger zu sein und einfach den Mund zu halten. Mein Schweigen machte ihn gesprächiger. Bis zu seiner nächsten Frage vergingen kaum vier Minuten. Ich schöpfte Hoffnung und fing an mich zu entspannen. Zu früh gefreut. Sie lautete: „Wer weiß davon?" Ich dachte kurz nach und gab die einzige schlüssige Antwort, die mir einfiel: „Alle." Das war nicht genug, das konnte ich gleich sehen. Ich rechnete. Mathe war halt noch nie so meine Stärke: Mal sehen, drei Stationen mit Belegschaft von fünfundzwanzig Leuten, inklusive zehn im Nachtdienst, Küche, Pflegedienstleitung, Heimleitung und ein par vertrauter Angehöriger, macht summa summarum, etwa hundert fünfzig Leute. Konstantin guckte mich entsetzt an. „Ich meine das mit Isabelle" setzte er nach. „Aha", dachte ich und begann wieder zu überlegen „Natürlich wusste ich das nicht so genau. Auf der anderen Seite, war Corri immer ein sehr offener Mensch und im Grunde mochte sie, jeder gern. „Etwa die Hälfte." schätzte ich. Damit war die Unterhaltung für diesen Abend beendet. Ohne ein weiteres Wort zog er sich an und ging. Hätte ich geahnt, dass er auf direktem Weg, zu seinem Vater unterwegs ist, dann hätte ich nicht erst zwei Tage und Nächte alleine und völlig irritiert gewartet, bis ich schlussendlich, heulend, bei meiner Mutter auf der Matte stand.

Ich erzählte ihr die ganze Geschichte, die sie kommentierte mit „Kind, was Du nur immer machst." Im Grunde hätte ich mir das Ganze sparen können, denn sie war bereits bestens informiert. In schneller Abfolge, hintereinander, hatten in den letzten beiden Tagen, Papa-Konstantin. Mama-Konstantin und die weinende Isabelle, mehrfach angerufen. Nur Konstantin nicht, denn der lag noch in der Ecke und jaulte. „Es müsse," sagte Papa-Konstantin „dringend eine Lösung gefunden werden.". Allmählich verstand ich, warum Corri ihn immer nur „den Alten" genannt hatte. Mama-Konstantin, war sich gar nicht so sicher, ob man unter diesen Umständen, diese Verlobung aufrecht halten könne. Schließlich sei, meinte sie, mein Lebenswandel, völlig untragbar. Ich hab gedacht, ich hör nicht recht. Schließlich war nicht ich diejenige, von uns beiden, die Jahre ihres Lebens, grottendicht, durch die Weltgeschichte gebeamt ist. Nein, das war Konstantin. Und kein Mensch, hat laut, nach der Presse gebrüllt. Ich glaube, das Thema ist irgendwann so uninteressant geworden, weil es für ihn so normal war, dass es Auflage senkende Wirkung gehabt hätte. Die Leute wollen einfach, nicht immer, das selbe lesen. Auch davon habe ich gewusst. Ich hatte es, in der Tat, mal in der Zeitung gelesen. Aber ich habe, dafür, noch lange nicht, so ein Fass aufgemacht. Ich hab doch, nur in meiner experimentierfreudigen Jugend, ein ganz winziges bisschen, rum gemacht. Mehr war es nicht. Ich bin ja nicht mal schwanger geworden, was natürlich, unter den gegebenen Umständen auch schwer war. Ich meine, die grüne Wiese immer in rauhen Mengen mit hinter das Steuer eines Autos zu ehren, ist ja auch, ein bisschen gefährlich, vor allem auf Koks. Ich hatte lediglich, Sex mit einer Frau, mit der Isabelle auch schon geschlafen hatte. Das war alles. Die Verhältnismäßigkeiten stimmten so gar nicht. Das fand mein Papa übrigens auch. Als er mit Papa-Konstantin sprach, sagte er nur, er habe auch schon häufiger mit Frauen geschlafen. Sogar oft mit der selben, sie habe ihm ganz besonderen Spaß gemacht. Er hatte großes Glück, dass Mama ihn dafür, nicht mit der Bratpfanne schlug, die sie grade in der Hand hielt. Ich glaube sie wollte nicht, dass die Hänchenschenkel, auf den Boden fallen. Nach diesem Telefonat, wurde es ruhig in der Leitung. Mama sagte, „na wenigstens kann er den Ring nicht zurück verlangen.". Papa, war immer noch der Auffassung, dass der Sex mit Frauen, eins der

122

besten Dinge in seinem Leben war, wich allerdings vorsichtshalber aus, weil die Pfanne, mittlerweile leer war. Ich beschloss erst mal was zu essen.

Konstantin weinte, noch drei weitere Tage über die Tatsache, dass ich ihn knappe fünf Jahre, vor unserer Beziehung, mit einer Frau betrogen hatte. Am dritten Tag: Gott hatte grade das Flüssige vom Nassen getrennt. Das Feste nannte er Land und das Flüssige nannte er Konstantin. Ich kann heulende Männer nicht ausstehen. Da stand mein fast, doch bald, zukünftiger, Exmann wieder vor der Türe. Ziemlich gut dabei, würde ich schätzen. Jedenfalls, fiel ihm der kurze Gang, quer über siebzehn Quadratmeter, doch ein bisschen schwer. Er führte das darauf zurück, dass er sich, gegen den Widerstand seiner Familie, durchgerungen hatte, sich zu hause, doch wieder blicken zu lassen. Ich vermutete allerdings eher, mehrere, stark verschreibungspflichtige, Substanzen. Im stillen musste ich, seiner Mutter beipflichten. Ich hatte in jahrelanger Bösartigkeit, diesen armen Mann, davon abhängig gemacht, jeden Morgen einen halben Liter Buttermilch zu trinken. Jetzt, sah er doch gleich, viel besser aus. Allerdings, müssen wir an diesem Abend, seinem natürlichen Zustand, ziemlich nahe gekommen sein, denn es war zum ersten Mal möglich, mit ihm zu reden. Und plötzlich verstand ich warum die Sache mit Corri und mir, so schlimm war. Nicht wegen mir, nein wegen Isabelle. Ich war so zu sagen ein Sicherheitsrisiko, allein weil ich etwas wusste, das tausend andere Menschen auch wussten und was ich unter keinen Umständen, hätte wissen dürfen. Auch heute noch, entbehrt diese Art zu denken, für mich jede Logik, allerdings habe ich mich, daran gewöhnt, dass sie relativ üblich ist. Im Grunde hätte ich mich, durch ganze Fußballmannschaften, schlafen können. Um mich ging es hier gar nicht, sondern um die reine Weste, der Eigenproduktion. Obwohl ich ehrlich gesagt fand, Isabelle hätte sich in Anbetracht des Zustands ihres Bruders gut und gerne noch ein par Skandale, mehr erlauben dürfen. An diesem Abend dachte ich zum ersten Mal etwas, das später zum Standard wurde. Das hätte ich mir allerdings, noch zwei Wochen vorher, überhaupt nicht vorstellen können: „Junge, bist Du Ekel erregend.‟

Ich beschloss, das Thema mit der Fußballmannschaft, später noch einmal zu überdenken und brachte dieses Wrack an Mann, erst mal ins Bett. Am nächsten Morgen, überdachten wir beide sehr ernüchtert; halt jeder auf seine Art; unsere Beziehung ganz neu. Wie auch immer wir drauf gekommen sind, weiß ich nicht, auf jeden Fall kamen wir zu dem Schluss, dass wir es nochmal versuchen sollten. Weil doch alles andere zu schade wäre. Wir brauchten, ungefähr doppelt so lange wie Gott, als er die Erde schuf um raus zu finden, dass die Idee gar nicht so gut war. Das erste, was mir auffiel, war die Tatsache, dass ich plötzlich, weder auf meinem Handy, noch auf dem Hausanschluss in der Lage war, meine Freunde zu erreichen. Das fand ich sehr merkwürdig. Es war sozusagen ein Breitbandzufall. Erst als eine Freundin, die drei Monate im Ausland gewesen war, mich anrief, stellte ich fest, dass ihre Nummer im Telefonregister plötzlich einen Zahlendreher hatte. Danach war der Computer kaputt. Also im Grunde genommen, war der Computer ganz, aber das Internet war kaputt; ich meine, das Internet war, in Verbindung mit meinem Computer, irgendie kaputt. Sie dividierten sich so zu sagen langsam auseinander. Genauso wie Konstantin und ich. Konstantin meinte nur, man müsse besonders gut auf mich aufpassen. Nur zu meiner Sicherheit versteht sich. Als einige meiner Freunde mir hoch nervös die Freundschaft kündigten, während die anderen, einfach nicht mehr erreichbar waren, war ich wirklich einigermaßen sauer. Im Gegenzug, verpasste seine Mutter mir ein wirklich gutes Coaching, dass sich gewaschen hatte. Back in the classroom. Plötzlich war alles an mir falsch. Die Haare, die Kleidung, der Umgang, der Ton, die Bildung und überhaupt. Das Thema, konnte auf diese Art, nur schief gehen. So viel war klar. Mein Vater war langsam der Auffassung, es sollte auf jeden Fall schief gehen und das sagte er laut und deutlich. Ihm gefiel weder der Gedanke, dass jemand sich das Recht nahm, sein kleines Äffchen zu dressieren, noch dass sein Schwiegersohn in spe, zu Prinz Valium mutierte. Als ich die Kamera im Bad fand, war es wirklich vorbei. An diesem Abend, war nochmal eine Krisenbesprechung, bei den Schwiegereltern angesagt. Ich war halt, ein wirklich schwieriger, Fall.Da mich, mittlerweile, doch sehr interessierte, worauf diese Verbindung hinaus laufen sollte, fragte ich Konstantin, zu diesem Anlass, danach. Er sagte, was er immer sagte: „Alles zu Deiner Sicherheit." Ich schäumte vor Wut und brüllte, quer über den Tisch: „Du bist gefeuert." Dann ging ich. Es dauerte Stunden, bis meine Eltern nach hause kamen. Was sich an diesem Abend noch ereignete, dass werde ich wohl nie erfahren. Mein Vater sagte dazu lediglich, jemand hätte schließlich den Rest, der Belegschaft, auch noch feuern müsse.

Jemand, muss im Umgang mit der Presse, dann wohl doch noch geplaudert haben. Das Thema ging eine Weile durch die Medien, also zumindest mein Teil davon. Ich bin ja nicht besonders interessant. Außerdem waren ein par wirklich hübsche und aktuelle Photos von mir in der Zeitung. Jede Ex eines Kleinprominenten muss mindestens einmal in die Zeitung, das ist hier Gesetz. Für die anderen, dauerte ein bisschen länger. Die Photos von Isabelle waren älter. Sie zeigten sie mit Corri und auch ein par anderen Frauen. Die Photos von Konstantin, waren nicht wirklich vorteilhaft. Zumindest nicht das nächste

Dutzend. Etwa ein Jahr später, sah ich nochmal, eins, von ihm. In dem dazugehörigen Artikel, wurde feierlich, seine baldige Hochzeit angekündigt. Er sah so gut aus, wie eh und je. Und, mit ganz geradem Rücken. Das hat mir seine Mutter erklärt. Wenn man von der Presse photographiert wird, muss man immer, einen ganz graden Rücken machen. Das hat tiefenpsychologischen Wert. Na wenn es weiter nichts ist. Den graden Rücken, habe ich sowieso, von Geburt an. Neben ihm stand eine zarte Blonde. Ich bilde mir ein, sie hätten beide, leicht vergrößerte Pupillen gehabt, aber das kann natürlich auch am Blitz gelegen haben.

Ich habe mich später in Ludwig verliebt. Ludwig kenne ich schon länger, es hätte schon mal, fast was werden können, wenn damals nicht Konstantin gekommen wäre. Über Corri haben wir als aller erstes gesprochen, vorsichtshalber, aber das war ihm egal. Ich hatte wirklich eine Menge Ärger, als wir uns wieder trafen. Er kennt Konstantin übrigens. Sie waren mal ganz gut befreundet. Aber er ist nie mit ihm ins Bett gegangen. Wir wohnen heute in Omas Haus und manchmal finde ich es richtig schade, dass es größer ist, als siebzehn Quadratmeter. Der Ring liegt in einem Holzkästchen auf dem Regal. Seit ich meine Verlobung, mit Konstantin gelöst habe, kann ich ihn, leider nicht mehr tragen. Ich bin allergisch dagegen geworden. Ludwig ist toll und außerdem echt unkompliziert. Meine Familienplanung ist bei ihm, in guten Händen, da bin ich sicher. Außerdem hat er braune Augen.

Urlaub im fünf Sternen Zelt

Urlaub ist doch eins der besten, vor allem dann wenn man lange keinen hatte und dafür täglich Menschen ertragen muss, die einen daran erinnern, dass man gut welchen brauchen könnte. Mir geht es so, ich arbeite in der Kundenbetreuung, aber unter uns Kollegen nennen wir sie, die Pflegefallverwaltung. Da muss man wirklich sehr kommunikativ sein, anders wird kein Schuh draus. Wie man sich gut vorstellen kann, sind die lieben Kollegen genau so. Das ist nicht grundsätzlich ein Problem, so lange man sie gerne mag und ihnen vor der großen Ablage P, die wir regelmäßig aufsuchen, ehe wir zurück zu unseren Kunden ans Tresen gehen um ihnen mit bedrücktem Gesicht mitzuteilen, dass wir alles versucht haben, aber leider nichts mehr für sie tun konnten, gerne zuhört. Natürlich kennen die Kunden sich nicht aus mit der Verwaltung unserer Unterlagen, deshalb glauben sie Ablage P sei der Schrank mit den besonders wichtigen Akten. Das kann man ihnen nicht mal verübeln. Sie können es nicht besser wissen, schließlich sind sie ja Kunden, sie stehen auf der falschen Seite des Tresens um sich besser auszukennen. Außerdem sind wir dazu angehalten, sie in dieser Annahme zu bestärken.

„Kundenfreundlichkeit" ist unser oberstes Gesetz. „Die Kunden müssen wissen, dass sie uns wichtig sind. So und nur so sind sie kooperativ und erlauben uns am best möglichen Ergebnis zu arbeiten." sagt der Bezirksleiter zu jeder Schulung der neuen Mitarbeiter, bevor er drei Mal mit aller Kraft auf den Tisch vor sich schlägt, seine Krawatte löst, sich erschöpft mit dem Ärmel seines teuren Anzugs, über die Stirn tupft und abschließend einen großen Schluck Wasser trinkt. Direkt aus der Flasche, das hebt die Dramatik. Überhaupt, schlägt er gerne auf den Tisch. Am Anfang dachte ich, das wäre etwas wie ein Ausdruck seiner Leidenschaft.

Aber mittlerweile glaube ich, es dient dazu, die erste Reihe wieder zu wecken, was im Groben und Ganzen ganz funktioniert.

Heute weiß ich natürlich ein par Dinge besser, immerhin arbeite ich ja schon fünf Jahre in dem Laden. Ein par Mal war ich beauftragt, die Schulungen mit zu betreuen, unentgeltlich versteht sich. Seit dem kenne ich mich besser aus. Ich weiß zum Beispiel, dass immer der Tisch, der am meisten wackelt vorne steht, weil er, beim drauf schlagen am meisten scheppert. Sollte es keinen Wackeltisch geben, hat der Bezirksleiter eine Notfalllösung im Auto. Menschen müssen unterhalten werden.

Beim ersten Mal war ich noch ganz schön entsetzt. Ich fand es ziemlich respektlos, grade dem Chef einen kippeligen Tisch zu geben. Heute wäre ich allerdings dafür, ihm einen Stuhl mit drei angesägten Beinen, gleich dazu zu stellen. „Legen Sie Wert auf ihre Entwicklung. Sein sie sich was wert." brüllt er an einer Stelle seines Vortrags. „und benutzen Sie Ihren Kopf zum Denken!" immer wenn er bei dem Wort „Denken" angekommen ist, schnellt seine Hand wieder in Richtung Tisch, um sich dann, wie die Hand eines Ertrinkenden in fast hilfloser Geste, um die Tischkante zu klammern. Das ist eine gute Stelle. Man kann erkennen, ob die Zuhörer noch aufpassen. Die, es tun zucken zusammen.

Klassische Konditionierung. Ich musste seine Ansprache drei mal hören, ehe sie sich komplett entfaltete. Dann tat ich es. Ich benutzte meinen Kopf zum Denken. „Alter Esel." dachte ich und im unmittelbaren Anschluss hatte ich die Idee mit dem angesägten Stuhl. Das wäre ein echtes Event. Es würde seinen Einsatz mit dem eigenen Leben gekonnt unterstreichen und was die erste Reihe angeht, sicher

den selben Zweck erfüllen. Möglich, dass in diesem
Fall der Chef gleich mit wach würde.

Menschen angemessen zu unterhalten ist ein
anstrengender Job. Man muss wirklich diszipliniert
sein. Stunden habe ich im mittleren Türrahmen, des
großen Konferenzsaales gestanden, um den besonders
wachsamen Zuhörern unter den Neulingen ermunternd
zuzulächeln. Und um denen, die nachzulassen drohen,
eine kleine bunte Broschüre in die Hand zu geben. Im
Grunde steht in diesen Broschüren nichts besonderes
drin. Nur das, was der Chef innerhalb der
zweiundzwanzig Stunden, die so ein
Schulungswochenende benötigt, auch erzählt, nur auf
etwa fünf Sätze komprimiert. So einfach könnte es
sein. Isses aber nicht.
„Wir brauchen die Tuchfühlung mit unseren
Mitarbeitern." sagt der Chef zu einer anderen
Schulung, der für die sogenannten Eingeweihten. Er
erklärt damit, warum die Schulung der Neuen,
praktisch immer die selben Texte beinhaltet und die
selben Schläge für den Tisch. Trotzdem kann so ein
Schulungswochenende, zeitlich um zwei bis fünf
Stunden abweichen.
Einginge unserer Mitarbeiter, die begonnen hatten
ihren Kopf zum Denken zu benutzen, fanden das
merkwürdig.

Natürlich hat er es ganz anders erklärt, aber im
Klartext hat er gesagt: „Ich höre nicht auf zu reden,
ehe mindestens zwei Drittel, der schutzlos
ausgelieferten Neulinge, glasige Augen hat und noch
einen vernünftigen Satz raus bringt, der von unserer
Parole „die Welt braucht uns – heute!!!" abweicht."
Manche sind hart im Nehmen, das kann dauern. Also
von mir kriegt er keinen wackeligen Tisch, wenn ich
diese Veranstaltung betreue. Ich habe mich schon
gefragt, warum er nicht der Einfachheit halber, so wie

die Konkurrenz, ein par Prostituierte für die
Mitarbeiterwochenenden bucht. Wahrscheinlich wäre
der Motivationsfaktor mindestens genauso hoch, aber
der ein oder andere Kollege, wäre ein bisschen
entspannter. Auf jeden Fall würden wir alle mehr
Schlaf bekommen. Immerhin müssen wir Montags
wieder arbeiten. Ulla, meine Kollegin und beste
Freundin glaubt, das funktioniert nicht, weil bei uns
der Frauenanteil einfach zu hoch ist. Das muss so
sein, denn die Firma pflegt das „kompetente Fürsorge-
Image", wegen des hohen Sicherheitsbedürfnis, der
Kunden. So was wie „komm an meinen Busen
schmusen". Das glaubt keiner mehr, wenn raus
kommt, dass die männliche Mitarbeiterschaft, bei
süßen Strapsmonstern, auswärts essen geht. Aber was
soll es. Noch zwei Schulungen, dann bin ich befreit.
Ich werde, dann von Anja, unserer Lieblingskollegin
abgelöst. Die steht auf den Chef. Wir, Ulla und ich,
nennen ihn liebevoll „Blubb". Anja kann heute schon
nicht mehr schlafen, obwohl ihre erste
Schulungsbegleitung, erst in drei Monaten stattfindet.
Mann ist die aufgeregt, ich vermeide die
Unterhaltungen vor Ablage P mit ihr. Je näher, sie
ihrem großen Auftritt rückt, desto unerträglicher wird
sie. All das, schafft sie in nur neunzig Sekunden und
etwa sechzig tausend Wörtern mitzuteilen und dabei
von hinten betrachtet einen durchaus seriösen
Eindruck zu machen. Neuerdings legt sie mir dabei
immer ihre Hände leicht krampfend um den
Ellenbogen. Um zu beweisen, wie aufgeregt sie
wirklich ist. Das eiskalte Händchen. Sie sagt, immer
wenn sie an den Chef denkt bekommt sie ganz kalte
Finger. Damit hat sie recht. Ich habe schon überlegt,
ob ich den kleinen Reiseföhn in meine Handtasche
stecke, um nach der zarten Umklammerung meines
Ellenbogens, wenigstens den Knochen wieder
aufzutauen. Es ist immer ein bisschen peinlich, wenn
das Gelenk quietscht, nur weil ich den Finger auf des

Kreuzchen der Formulare lege, damit die Kundschaft sicher versteht, wo sie ihre Unterschrift hin setzen sollen, um ihre Seele, für ewig, gegen eine pinke Waschmaschine zu tauschen.

Leider kann man nicht alle Kollegen mögen. Das bedeutet noch nicht, dass einen die Kollegen, die man nicht mag, im Gegenzug nicht ganz besonders gerne haben können. Das ist wirklich sehr anstrengend und könnte manches mal zur Beantragung von Sonderurlaub führen. Was ich tun würde, wenn ich das Geld nicht dringend bräuchte. Vor einem halben Jahr hat einer der Unsrigen, das Zeitliche gesegnet. Nein, nein nicht für ewig, zeitlich begrenzt. Nur so lange, bis die Kunden und die meisten Mitarbeiter seine Sünden vergessen haben. Immerhin war er ein richtiger Aufsteiger, so zu sagen die Lichtgestalt des Vertriebs. Er hat ein bisschen Mist mit den Verträgen gebaut und auf dem Friedhof Kunden abgeschrieben, weil ihm Punkte für die Quote fehlten. Dass er nicht ganz so brillant ist, wie angepriesen, war mir schon klar. Aber darauf, dass tote Kunden nicht zahlen, hätte er gut von selber kommen können. Hausintern hat der Chef das wirklich sehr gefühlvoll erklärt. Die Nulpe hatte einen Grandiosen Abgang. Manche Kollegen haben sogar geweint, als er uns dieses überarbeitete und in seiner Not zu Drogen greifende, arme Geschöpf zu tiefst ans Herz gelegt hatte. Geflogen ist er ohnehin erst, als raus kam, dass er im Osten, noch an über siebzig Jährige Rentenversicherungen verkauft hat, nachdem er ihnen das Schauerbild der Verarmung noch mal richtig deutlich vor Augen gehalten hatte. Na das muss ja ein tierischer Flash back gewesen sein, der hat mindestens fünf Monate gedauert. Armes Würstchen.

Im Grunde habe ich kein Thema mit den Drogenproblemen meiner Mitmenschen, aber man

muss ja nicht, das Non Plus Ultra draus machen.
Außerdem denke ich, dass ein Mensch der jenseits
Fünfzigtausendgrenze im Monat verdient, doch beste
Möglichkeiten hat, seine Probleme bei Zeiten zu lösen.
Auf die meisten Kollegen trifft das ohnehin nicht zu.
Ich glaube, ich habe noch nie so viele Männer in
schicken Anzügen gesehen, zu denen das Ozonloch im
Kühlschrank gleich mit geliefert wurde.
Jedenfalls ist der Kollege jetzt „Unter der Hand
Beurlaubt", bis genug Gras über die Sache gewachsen
ist, dass sein Konsumverhalten gar nicht mehr auffällt.
Dafür gibt es einen hoffnungsvollen Neuzugang. Der
Chef hat ihn von der Konkurrenz abgeworben. Die von
der Konkurrenz gepflückten, sind immer
Quereinsteiger. Das geht schon, denn unterm Strich
betrachtet geht es ja doch ums Verkaufen. Zu viel
Produktverliebtheit schadet dem Geschäft, sagt der
Chef.
Natürlich sagt es keiner wirklich laut, aber der Neue,
soll wohl demnächst unsere Filiale leiten. Unser
Filialleiter ist ein bisschen nervös, aber er nimmt es
gelassen. Im Grunde hat er schon lange keine Lust
mehr. Jetzt läuft der Neue stationsweise, durch die
Filiale um alle Arbeitsbereiche kennen zu lernen. Seit
letzter Woche hab ich ihn am Hals. Er hat schon
verkündet, er würde dann in Zukunft mal sehen, ob er
was für mich tun kann, während er sich die Freiheit
nahm, mir ein verloren gegangenes Haar vom
obersten Knopf meiner blütenweißen Bluse zu zupfen.
Wie fürsorglich. Ein Knopf tiefer, dann wäre aber was
los gewesen. „Ich glaub, der will mit dir Helden
zeugen." hat Ulla mir später zugeraunt, die diesen
Akt, selbstloser Enthaarung beobachtet hat. „Möglich,
hab ich geantwortet, „fragt sich nur wer für diese
Aktivitäten das Sperma spenden soll." Das muss er
wohl gehört haben und wenn ich ihn richtig
verstanden habe, dann fand er mich gar nicht witzig.
Ich schon. Ich würde, hat er gesagt, ihn gewaltig

unterschätzen. Was er damit genau gemeint hat, weiß ich nicht. Ich glaube schon, dass er sicher davon ausgeht, dass ich ihm zutraue einen halben Fingerhut Sperma zusammen zu kriegen. Eigentlich wollte ich nur meinen Unmut über solche Ideen zum Ausdruck bringen, aber davon will er auch nicht viel wissen. Ich habe schon versucht ihm klar zu machen, dass ich keine Lust habe mit ihm Essen zu gehen und auch dass der Mann, der mich interessiert in seiner Freizeit Wollsocken und selbst gestrickte Pullover trägt. Echt blöd, dass Anja mehr auf den Vatertypen steht, sonst könnten wir es vielleicht schaffen, ihr die Augen für unseren Neuzugang zu öffnen. Jedenfalls war ich, nach der Einarbeitung, gewaltig urlaubsreif und ich musste dringend mal was anderes sehen. Deshalb habe ich gedacht, gehen wir doch ein bisschen Zelten, Ulla und ich. Südfrankreich ist echt schön. Ulla ist immer alles recht, solange sie die Zeit hat, jeden zweiten Abend ihre Fußnägel zu lackieren. Die Gesamtidee fand ich ganz toll. Ich gucke Ulla gerne zu, wenn sie ihre Fußnägel lackiert, sieht irgendwie süß aus. Außerdem fallen ihr dabei ganz tolle Geschichten ein. Ich hab zwei linke Hände. Das mit dem Nägel lackieren funktioniert bei mir nicht, auch wenn ich manchmal tolle Ideen gebrauchen könnte. Als Zielsetzung für den Urlaub, finde ich mir einen hübschen Strickpullover, hatte ich mir überlegt. Zielsetzungen sind wichtig, haben wir auf unseren Schulungen gelernt. Menschen ohne ehrliche und begeisterte Ziele, verwahrlosen. So werden wir nie was wir sein könnten.

Seit zwei Tagen sitze ich hier vor unserem wundervollen „Zwei-Frau-Zelt" und warte auf Ulla. Die ist leider knapp vor Paris gekentert. Ich bin nicht sicher, aber ich glaube er ist ein bisschen kurzsichtig und muss sich ihre Fußnägel, jetzt wirklich sehr aus der Nähe angucken. In ein par Tagen wird sie wohl nachkommen. Im Grunde ist es toll hier in der Pampa rum zu liegen. Ich bin dreckig wie eine Frau nur sein kann und ernähre mich von Baguette und Moskitos. Leider hat rechts von mir, ein kleines Grüppchen, undefinierte Masse Mann, die Zelte aufgeschlagen. Ich hab schon gedacht, es wäre ein ausgiebiger Junggesellenabschied. Mancher trennt sich ja schwer von der Freiheit. Die Jungs waren mir echt suspekt. Zu meinem großen Glück hat sich heraus gestellt, sie sind Deutsche. Als ich gestern Abend völlig ahnungslos und schutzlos ausgeliefert, vor meinem Zelt lag und die Zehen in den Boden bohrte, standen plötzlich zwei Hosenbeine vor meiner Nase. Beige, gut gebügelt mit Kniff, in stylishen Wildlederslippern. Oben dran zwei Hände, in der einen zwei Sektgläser in der anderen eine Flasche Proseco. All das mitten in der Pampa. Ursprünglich hatte ich auf die Frage, ob er sich einen Moment setzen darf, mit nein geantwortet. Er hat es wohl nicht gehört. Dann brach das ganze Elend über mich herein. Vertriebler beim Überlebenstraining. Offizielle Aufgabenstellung: „Wie erzeuge ich eine voll gesättigte Leber". Ich hab vorsichtshalber gesagt, ich sei Krankenschwester, weil mir auf die Schnelle nichts anderes eingefallen ist. Das war ein echter Fehler. Seit dem bin ich rund um die Uhr informiert über das harte Leben eines echten Hardcore Vertrieblers. Gott sei Dank macht er alle zwei Stunden, eine kleine fünfzehn Minuten Pause. So, ich muss jetzt aufhören. Die fünfzehn Minuten sind in drei Minuten vorbei. Ich leg noch schnell ein Zettelchen für Ulla hin, leih mir ein Fahrrad und fahr mal runter ins Dorf. Ich muss mal dringend rausfinden, wo ich Nagellack bekomme.

Das Lächeln der Mona – Lisa

Es war Weihnachten 2005, als ich Marle das erste
Mal, wieder sah. Das erste Mal seit achtzehn Jahren.
Ich freute mich wie ein Schneekönig und konnte es
kaum erwarten. Meine kleine Marie – Luise.
Schwester, beste Freundin und Kumpel zum Pferde
stehlen. Achtzehn Jahre Ein bisschen schuldbewusst
fragte ich mich, wo die Zeit geblieben war, während
ich aus dem Zugfenster schaute und die Welt an mir
vorüber ziehen sah. „Achtzehn Jahre" hatte Marle am
Telefon gekichert, „jetzt sind wir endlich volljährig."
Ich musste lachen. „Du hast Dich kein bisschen
verändert." Damals als Du die Geburtsdaten in
unseren Schülerausweisen gefälscht hast, hast Du uns
älter gemacht. Und heute machst Du uns jünger."
„Wenn Du willst." hatte sie geantwortet, „kann ich
Dich wieder älter machen." Aber das wollte ich nicht.
Ich wollte meine Schwertschwester, endlich wieder
haben und zwar für den ganzen Rest meines Lebens.
Kein Tag sollte verloren gehen. Kein einziger.

Marle holte mich vom Bahnhof ab. Als mein Zug
ankam, stand sie schon auf dem Bahnsteig. Ihre
Augen suchten nach mir, fanden mich aber nicht
gleich, denn ich habe mich in der Zwischenzeit
verändert. Damals war ich blond, wie die meisten
Mädchen in unserem Alter. Irgendwann bin ich zu
meiner natürlichen Haarfarbe zurück gekehrt. Marle
sah aus wie eh und je. Klein, zart und naturblond,
natürlich. Das ist der feine Unterschied. Blond wie ein
Rauschgoldengel. Nur die Jeans hatte sie offensichtlich
mit den Jahren gegen was Angemesseneres
eingetauscht. Ein Kombinationstraum aus Kamelhaar.
Beige. Ich staunte nicht schlecht. „He" rief ich als ich
ihr zuwinkte, „Du bist erwachsen geworden. Wie hast
Du das denn hingekriegt?".

„Du siehst toll aus." jubelte Marle und fiel mir um den Hals, wie ein kleines Mädchen. Eine Hand voll Kind in meinem Arm, zerbrechlich, wie eine Porzellanpuppe. „Ja", antwortete ich, „mausbraun" steht heute hoch im Kurs. Wir müssen Stunden auf dem Bahnsteig gestanden haben. Ich war wirklich ein bisschen Schuld bewusst, wie konnte ich das nur zulassen. Es schien ihr ähnlich zu gehen, denn sie wiederholte wieder und wieder „ Ich hab Dich so vermisst, wie konnte uns das nur passieren." Als sie, meinen Hals los lies, sah ich, dass sie geweint hatte.

Ihr Wagen stand auf dem Parkplatz hinter dem Bahnhof. Es war ein wundervoller Tag und mild, für Dezember in Augsburg. Trotzdem hatten wir rote Nasen und atmeten kleine Wölkchen in die Luft. Es machte mir nichts. Die Sonne strahlte auf Marle und Marle strahlte auf alles. So war es immer gewesen, so war es auch heute. „Ausgeburt der guten Laune" hatte mein Bruder Theo sie immer genannt und sich dafür den ein oder anderen blauen Fleck geholt. Es machte ihm nichts, niemand konnte jemals, wirklich böse sein auf Marle. Nichtmal Theo. Grade Theo nicht.

Ich war stinksauer, als ich damals mit bekam, dass sich zwischen den beiden was anbahnte. Tagelang muss ich mich aufgeführt haben, wie eine Wilde. Ich war hoch frustriert und fühlte mich um meine Freundin betrogen. Eine kleine Ewigkeit brach meine Welt völlig in sich zusammen. Nachdem ich allerdings Theo, beim Zuschlagen einer Türe, aus Versehen, die Nase gebrochen hatte, brüllte Marle wie ein wilder Tiger. „Du Türen schlagendes Monster, weiß Du den gar nicht, dass ich Dich liebe." Ich hatte sie noch niemals brüllen gehört und sie tat es auch später nie wieder in meiner Anwesenheit. Also vermutlich niemals. Theos Nase hat fürchterlich geblutet es war eine echte Sauerei.

Danach war alles besser. Der Schock musste mich geheilt haben. Seit diesem Tag hebe ich jede Türe ins Schloss, meistens drücke ich dabei sogar die Türklinke ein bisschen runter. Theo dagegen, erschien mir lange nicht mehr so arrogant wie vorher, was damit zu tun haben könnte, dass er auch nicht mehr ganz so gut aussah. Seit dem haben wir ein sehr gutes Verhältnis zueinander, was vorher lange nicht so gewesen war. Und Marle. Marle war rund um glücklich. So ging es fast sieben Jahre lang. Bis Marle eines Tages einfach verschwand. Keiner konnte es so wirklich begreifen, es gab diesen Spruch bei uns „Ihr zwei seid unsinkbar." Das dachten wir alle. Und dann war sie weg. Alles was sie hinter lies war ein klaffendes schwarzes Loch.

Es war der Klassiker. Das Aufgebot war bestellt, die Ringe gekauft und die Braut war weg. Alles was uns geblieben war, war ein kleiner gelber Zettel auf dem Küchentisch. „Es tut mir so leid. Ich kann nicht bleiben. Wenn ihr mich jetzt ein ganzes Leben lang hasst, kann ich das gut verstehen. Marle" Niemand wusste wohin sie gegangen war. Drei Tage später erhielten wir einen Anruf von ihrer Mutter. Sie heulte so sehr, dass ich sie kaum verstehen konnte. Theo fiel das offensichtlich leichter, denn fünf Minuten später heulte er ähnlich herzzerreißend. Ich werde dieses Geräusch nie vergessen, denn ich war geschockt, es fühlte sich an, als würde jemand das Mark aus meinen Knochen ziehen. Es war das Einzige Mal dass ich Theo weinen sah. Theo ist ein Mann, der weint nicht. Nichtmal auf der Beerdigung unserer Mutter, letztes Jahr, hat er eine Träne verloren.

„Wie geht es Theo", fragte mich Marle, auf dem Weg zum Auto. „Gut. Es geht ihm gut." antwortete ich geistesabwesend. Ertappt.
Und dabei, hatte ich mir so fest vor genommen, es nicht dazu kommen zu lassen . Ich war nicht

gekommen, um alte Rechenschaften zu verlangen. Ich wollte meine Freundin wieder haben. Verlegen öffnete sie den Kofferraum. Sie strich sich eine Strähne aus dem Gesicht, sah mich aber nicht an. „Und, ist er mittlerweile verheiratet?" Ich wusste nicht was ich sagen sollte, also beschloss ich das Unausweichliche kurz zu machen: "Nein. Theo hält nichts vom Heiraten.". Ich versuchte zu witzeln. Ein schwacher halbherziger Versuch. „Er sagt, Geld verdient er selber genug, er braucht keine feste Frau." Ich hatte es befürchtet. Das hatte es nicht grade besser gemacht.Wir schauten uns an, ohne recht zu wissen, wie wir aus dieser Situation wieder raus kommen sollten.
Marle brachte die Rettung und ich war ihr dankbar dafür. „Grüß ihn von mir, wenn Du willst." Ich schenkte ihr ein Lächeln, meine Erleichterung muss mir anzusehen gewesen sein. Es schien sie zu freuen. Danach war das Eis endlich gebrochen.

Der Anblick der „Hütte", wie Marle das Haus nannte, in dem sie mit ihrem Mann Richard und ihrem Sohn Valentin wohnte, erschlug mich fast. Vielleicht bin ich, nicht in der Lage in angemessenen Dimensionen zu denken. Aber ich fand, auch Haus traf es nicht so ganz. Die Bezeichnung Stadtteil hätte ich gewählt, das traf es, aus meiner Sicht betrachtet schon eher.

Marle zuckte nur die Achseln, während sie die Stiefel in eine Ecke der Halle warf: „Richard legt viel Wert auf meine Gesundheit, sagt er . Er will, dass es mir an nichts fehlt. Ich denke, er glaubt ausreichend Auslauf gehört auch dazu." Sich kicherte. „Mir soll es egal sein, eine Nummer kleiner, hätte es auch getan. Apfelsinenkisten sind sehr stilisch und Späne im Hintern halten auf den Beinen." näselte sie. Ich musste lachen. Insgeheim befürchtete ich schon einen

Kompass zu brauchen, um den Weg ins Badezimmer zu finden.

Wir hatten drei wundervolle Tage miteinander. Richard lernte ich am Abend kennen. Ich hatte ihn einmal gesehen, damals auf Marles Junggesellenabschied. So weit ich sehen konnte hatte er sich nicht groß verändert. So gut wie Theo sah er nicht aus, immer noch nicht.

„Unsinkbar, hatte Theo damals gelallt. Wir sind unsinkbar, wie die Titanic. Blubb." Während ich ihn Abend für Abend von der Fußmatte vor meiner Haustür pflückte, um ihn aufs Sofa zu betten. Dass er mir, in diesen drei Monaten, niemals auf den Teppich gekotzt hat, rechne ich ihm wirklich hoch an. Richard war nett, das musste ich zugeben. Aufmerksam, fürsorglich und ständig anwesend. Ich hätte mich gerne ein bisschen mit Marle unterhalten um zu erfahren, wie ihre letzten Jahre verlaufen waren. Aber so weit kam es nicht.

Während Richard seine Frau, mit stetiger liebevoller Pflege in Beschlag nahm, war ich voll gebucht, durch Valentin. Eigentlich mochte ich keine Kinder. Sie sind laut und stellen peinliche Fragen. Aber Valentin ist klasse. Das absolute Ebenbild seiner Mutter. Sieben Jahre alt, klein, blond und ein rotbackiger Wildfang. Nach Weihnachten hatte ich mich schon fast an ihn gewöhnt. Vielleicht lag es daran, dass er Marle so ähnlich sieht.

So verbrachte ich dieses Weihnachten, mit heißen Carrera Bahn-Rennen, Malefitz und Memorie. Es war besser als ich erwartet hatte, allerdings bin ich froh, dass Tino mittlerweile größer geworden ist und sich seine Bedürfnisse verändert haben. An den Abenden, wenn der kleine schlief, saßen wir am Kamin bei einem Glas Wein und unterhielten uns. Meistens sprach Richard. Zwar hatte er einen gediegenen

Charakter, trotzdem war er ein guter Unterhalter. Er erzählte, von seinen Geschäftsreisen, fernen Ländern und merkwürdigen Zufällen. „Richard", kommentierte Marle „liebt schräge Angelegenheiten. Er sammelt Geschichten über merkwürdige Zufälle." Ich wusste nicht recht, was ich dazu sagen sollte. Schräge Angelegenheiten konnte ich mir, bei diesem Mann, der so aristokratisch aussah und sich für meinen Geschmack hart an der Grenze zur Langeweile befand, einfach überhaupt nicht vorstellen. Also schwieg Ich. Trotzdem, einige seiner Geschichten waren wirklich recht gut.

Auch Richard schwieg. Er lächelte seine Frau nur an und legte ihr, liebevoll die Hand ins Genick. Ein bisschen zu funktional, für meinen Eindruck. Die Stimmung drohte zu kippen, also ging ich ins Bett. Dort hatte es sich Valentin bereits gemütlich gemacht. Nacht für Nacht, musste ich ihn zur Seite rücken, denn er lag, jedes mal quer im Bett. Dabei rutschte mir fast das Herz in die Hose, weil ich Angst hatte ihn aufzuwecken. Aber Marle sage, ich soll mir keine Sorgen machen, das sei bei Siebenjährigen normal. "Die schlafen wie Steine."
Selbstverständlich vermied ich, Gespräche über die damals geplatzte Hochzeit. Auch darüber, dass Richard und Marle bereits drei Monate später heirateten, wurde nicht geredet. Wir redeten nicht über Theo, selbst verständlich nicht. Das fiel mir schwer, denn Theo ist heute noch, einer der Menschen in meinem Leben, mit denen ich am meisten zu tun habe. Schnell fing ich an, auch alte Geschichten zu vermeiden. Richard konnte sie nicht gut leiden, es war ihm gut an zu merken, auch wenn er es niemals aussprach. Da es wenige Menschen in meinem Leben gibt, die Marle nicht kennt, war ich mit meiner Berichterstattung der letzten Jahre schnell fertig. Darüber hinaus hatte ich frei.So folgten wir

aufmerksam weiter Richards „merkwürdigen Zufällen".
Er hatte wirklich eine Menge davon gesammelt.
Geschichten aus aller Herren Länder.

Nur einmal kam das Gespräch kurz auf Marles und
Richards Hochzeit. Ich spitzte die Ohren wider Willen.
Eigentlich wollte ich es nicht, aber irgendwie konnte
ich es auch nicht lassen. Immerhin war das die erste
„merkwürdige Geschichte", die ich hätte hören wollen,
hätte mich jemand gefragt. Ich lauschte schweigend.
Außerdem war ich viel zu sehr damit beschäftigt, nicht
versehentlich das Atmen einzustellen. Es gab nur
einen Mensch, der sich zwanglos formelle
Ungeschliffenheiten erlaubte, in diesem glatt polierten
Haus. Das war Marle. Völlig ungeniert, versenkte sie
Zigarettenkippen, in den Blumenkübeln, vor der
Parkhaus großen Garage. Marle war der Inbegriff der
Selbstverständlichkeit. Auf der anderen Seite habe ich
sie, auch niemals einen Handschlag tun sehen in
diesem große Haus.
Ihre ganze Aufmerksamkeit galt Tino. Einmal fragte
ich sie, wer den Haushalt führte, denn ich hatte keine
Hausperle gesehen. Sie hatte nur die Achseln gezuckt
und gesagt „jemand".

An diesem besonderen Abend, erzählte Richard eine
besonders schöne Geschichte aus Indien. Sie erzählte
von einer Madonna, die verehrt wurde, weil sie
schwarze Tränen weinte. Ich hatte noch nie davon
gehört, dass die Inder, jemals, eine Madonna verehrt
hätten. Es erschien mir merkwürdig. Wie wir darauf
gekommen sind weiß ich nicht mehr. Richard, der
vielleicht das ein oder andere Glas Wein, zu viel
getrunken hatte, erzählte, dass sie die Hochzeit im
ganz kleinen Rahmen gefeiert hatten und dass Marle
sich geweigert hatte ein Kleid zu kaufen. Er
lachte:"Meine Marle ist für großen Aufwand nicht zu

haben. Sie fand es sinnlos, ein Kleid zu kaufen für einen Tag. Meine Marle."

Ich stutzte, denn ich musste an das Kleid denken, dass Wochen an meinem Schrank gehangen hatte. Damals musste ich Theo sogar Hausverbot erteilen, weil er so scharf darauf war zu wissen, wie es aussieht. Je länger Richard sprach, desto fremder wurde mir die Frau, von der er redete. Es folgte eine lange Tirade. Marle hier und Marle da. Marle ist so süß und so klug und überhaupt. Marle war rund um das Beste, das ihm je passiert war. Das wiederum kam mir bekannt vor. Es ist die Reaktion, die Marle im Allgemeinen bei Menschen auslöst, soweit ich das noch beurteilen konnte.

Soweit ich mich erinnern kann, hat Marle sich bis heute niemals wirklich zu ihrer Ehe geäußert. Ich habe sie nur ein einzige Mal einen Satz verlieren hören. Sie sagte mit dem berühmten Schulterzucken: „Er hatte die besseren Argumente."

Im kommenden Jahr besuchte ich Marle und Richard noch dreimal. An den kleinen Tino, hatte ich mich langsam, richtig gewöhnt. Er besuchte mich sogar einmal zuhause. Diesen Besuch haben wir allerdings nicht wiederholt, den sein Anblick hatte Theo schier in die Flucht geschlagen. Drei Wochen habe ich ihn danach nicht wieder gesehen. Er entschuldigte sich. mit Arbeit, was für Theo völlig ungewöhnlich war, wenn er an einem Samstagabend, genauso gut mit mir Billard spielen konnte.

Im Dezember 2007 fuhr ich nicht nach Augsburg. Zwar hatte ich es mir vorgenommen, allerdings hatte ich mir eine schwere Bronchitis gefangen und war einfach nicht reise fähig. Mein Hals war so entzündet, dass ich nicht mal den Kamillentee runter bekam.

Theo pflegte mich drei Tage lang, weil ich das Bett kaum verlassen konnte.

Marles Anruf kam am zweiten Weihnachtsfeiertag. Ich brauchte Minuten, bis ich verstand. Sie weinte heftig und machte einen wirklich verwirrten Eindruck. Einmal hatte ich sogar den Eindruck, sie lachen zu hören, aber das war sicher ein Irrtum, denn schließlich hatte ich starke Medikamente genommen. Richard war tot. Einfach umgefallen und danach nicht wieder aufgestanden. Am Heiligabend. Ich war geschockt. Zwar war Richard nie mein bester Freund gewesen, aber vierundvierzig war sicher kein Alter, für einen kerngesunden Mann.

„ Es war fürchterlich, er hat sich an den Hals gefasst und konnte nicht mehr atmen, dann ist er blau angelaufen. Wir riefen sofort den Krankenwagen, aber als die Sanitäter kamen, war er schon tot. Anaphylaktischer Schock.“
Ich war immer noch, wie mit einem Brett vor den Kopf geschlagen. Richard hatte immer viel von sich erzählt, aber dass er derartig allergisch war, hatte ich nicht gewusst. „Niemand hat es gewusst, sonst wäre das Alles gar nicht passiert“, weinte Marle, „er hatte fürchterliche Angst vergiftete zu werden“. Marle war fürchterlich aufgelöst und ich wusste nicht, was ich machen sollte. Ich hatte über vierzig Fieber und musste starke Medikamente nehmen. Das konnte noch gut eine Woche dauern und ich hatte plötzlich das Gefühl, als hätte ich einen Säugling, in einem Weidenkörbchen mitten auf der Autobahn ausgesetzt. Hilflos schaute ich Theo an. Er fuhr zwei Tage später und blieb fast zwei Wochen in Augsburg. Es gab wirklich viele Dinge zu regeln und Marle war definitiv, nicht im Stande dazu. Es muss eine wundervolle Beerdigung gewesen sein.

Es war schon Anfang März, als ich das nächste Mal runter fuhr. Marle hatte das Haus verkauft. Sie sagte, sie würde es nicht mehr aushalten. Sie fühle sich wie ein gefangenes Tier. Ich hatte versprochen Ihr beim Umzug zu helfen. Dieses Mal hatte ich mich entschieden, mit dem Auto zu fahren. So konnte ich Theo auf dem Rückweg mitnehmen. Mein Kleinwagen ist einfach billiger, als zwei Zugtickets, auch wenn Theo die Beine ganz schön einziehen muss. Er würde sich schon irgendwie auf die Rückbank falten, witzelte er. Als ich ankam stand Marle in der Küche und schmierte Brötchenhälften. Ich fühlte mich in alte Zeiten zurück versetzt. Marle in Jeans und einem karierten Hemd von Theo, das ihr fast bis auf die Knie reichte. Während die Jungs im „Ballsaal" Wohnzimmer, zwischen den Kisten, Monster fingen. Sie machten einen Heidenlärm.

Der Umzug dauerte eine ganze Woche. Marle hatte sich mit Tino eine vier Zimmerwohnung in der Stadt genommen. Deshalb kam ein Großteil der Möbel weg. Es ist ganz schön schwer, beim Umzug eines Haushaltes zu helfen, wenn es nicht der eigene ist. Während Theo mit zwei Helfern Möbel schleppte und Marle Richards Privatangelegenheiten verpackte, mache ich all diese Dinge, die überall gleich sind. Die Hausperle die ich nie gesehen hatte, muss aus Plastik gewesen sein stellte ich fest. Denn im Keller stapelten sich alte Flaschen und Körbe mit Papier. Tino hüpfte derweil munter von einem zum anderen und ging uns allen gehörig auf die Nerven. Es machte mir nichts mehr aus, mittlerweile mochte ich Kinder fast. Ich meine auch die anderen, außer Tino. Als ich den letzten Papierkorb in den vor der Türe stehenden Container trug fiel ein kleiner roter Zettel auf die Erde. Ich hob ihn auf und steckte ihn, abwesend in meine Hosentasche, denn Tino musste mal und bekam den Knopf seiner Hose nicht auf.

Am nächsten Tag ging ich mit Marle auf den Friedhof.
Es gab Probleme mit dem Grabstein. Der Grabpfleger
hatte am Abend angerufen und um Besichtigung
gebeten. Als ich am Morgen zum Frühstück in die
Küche kam, war ich erstaunt. Kleider machen wirklich
Leute. Marle war wie verwandelt. Vor mir stand eine
Dame mit streng zurück gebundenem Dutt, im
schwarzen Kostüm und im langen schwarzen Mantel.
Wo war die Frau der letzten Tage geblieben? Verlegen
schaute ich an mir runter. Aber Marle warf nur einen
blick über die Schulter und sagte: „Bleib wie Du bist.
Du bist völlig gut." Nun gut dachte ich und versuchte
mich in Jeans, Turnschuhen und Schlabberpullover
neben dieser Erscheinung nicht zu deplatziert zu
fühlen.

Als wir auf dem Friedhof ankamen, war der
Grabpfleger schon da. Wir begutachteten den
Schaden. Es war ein schönes Grab. Groß und schlicht,
in Marmor eingefasst. Allerdings war der Grabstein
quer über die Beetfläche gekippt. „Das Grab hat sich
gesenkt, das ist normal. Da durch hatte der Grabstein
keinen Halt mehr.", kommentierte der Grabpfleger.
„Aber ich hatte ihnen ja gesagt, dass das passieren
würde." Marle lächelte ihn gewinnend
an: „ Ich weiß, ich konnte den Anblick, meines Mannes
so schutzlos unter nackter Erde, einfach nicht
ertragen. Würden sie bitte veranlassen, dass es
ausgerichtet wird?" „Wir müssen Erde aufschütten",
antwortete er nickend und ging.

Wir blieben noch einen Moment am Grab. Marle schien
sich nicht so recht losreißen zu können. Die Sonne
schien und die Schatten einer Tanne warfen bewegte
Muster auf den umgeschlagenen Stein. Mich fröstelte.
„Er hat dich sehr geliebt" sagte ich, nur um etwas zu
sagen. „Ja, das hat er", antwortete Marle. „ Viel zu
sehr. Manchmal komme ich her und rede mit ihm. Ich

erzähle ihm all die Dinge, die ich ich ihm nie habe sagen können und die er wissen sollte." Erstaunt schaute ich sie an. Marle lächelte. Das geheimnisvolle Lächeln der Mona Lisa. „Jetzt werden sie, sagte sie, Erde aufschütten. Man konnte den kleinen Bagger schon kommen hören. „ Das ist gut so, je mehr Erde desto besser. Dann weiß ich immer wo er ist und dass dort unten nichts passieren kann." Den Rest des Tages war ich sehr nachdenklich. Trauer kann einen Menschen sehr verändern. Man könnte meinen der Tod schlägt Wunden, die niemals heilen. Sie eitern weiter unter neu gewachsener Haut.

Ein par Tag später fuhren wir wieder nach hause. Wir mussten. Am nächsten Tag war mein erster Arbeitstag. Tino weinte große runde Tränen, aber Marle nahm uns lachend in den Arm. Sie sah um Längen besser aus und hatte sogar ein bisschen Farbe im Gesicht. Am Mittwoch machte ich die Wäsche. Das habe ich mir so angewöhnt. Zwar ist es nie viel, aber ich liebe es anziehen zu können, wonach mir ist. Es hebt meine Laune. Wie gewohnt kontrollierte ich alle Taschen. Manche Dinge machen wirklich eine große Sauerei in der Waschmaschine. In der linken Vordertasche meiner hellen Jeans fand ich einen kleinen zerknüllten Zettel. Ich konnte mich nicht erinnern, was ich mir dort aufgeschrieben habe. Aber es war nichts wichtiges. Zwar wunderte ich mich ein bisschen über das Datum, ich bin ziemlich ordentlich, so alte Dinge verwahre ich eigentlich nicht. Eine Bestellung vom einundzwanzigsten Dezember. Catering. Spargelsuppe, gefülltes Huhn und Schokoladencreme. Dazu zwei Flaschen Wein. Mit der Hand hatte jemand darunter geschrieben Sonderbestellung: Füllung mit Apfelmus in Rum. Da er ohnehin nicht von mir zu sein schien, warf ich ihn weg. Die zwanzig Euro, die ich in der hinteren Tasche fand waren wesentlich interessanter. Ebenso die

Kinogutscheine, die ich in der Tasche meiner grauen Jacke vergessen hatte.

Seit Marle umgezogen ist fahren wir recht regelmäßig zu ihr. Vor allem Theo.
Sie überlegt grade, wieder nach hause zu kommen, ist aber noch nicht so ganz entschieden. Ich glaube, sie hat ein bisschen Angst vor den Begegnungen mit alten Bekannten. „Hab keine Angst", hatte Theo letzte Woche gesagt und ihr lächeln die Hand ins Genick gelegt, „Du hast doch uns." Auch Marle hatte gelächelt und sich an ihn geschmiegt.

Über Richard reden wir nur noch selten. Wann immer das Gespräch zufällig auf ihn fällt, lächelt Marle, das geheimnisvolle Lächeln der Mona Lisa. „Ja" sagt sie in diesen Momenten, „er hat wirklich viel für mich getan."

Schade eigentlich. Aber Richard ist ja jetzt tot. Manchmal denke ich ins Geheime, vielleicht wird ja doch noch geheiratet in diesem Haus. Theo und Marle haben nichts gesagt. Aber das bin ich ja schon gewöhnt. Ich erinnere mich immer daran, wenn ich Theos krumme Nase bewundere. Tino jedenfalls fände es toll. Das wünscht er sich zu Weihnachten, hat er gesagt. Wer weiß. Das Kleid jedenfalls hängt noch in meinem Schrank. Seit fast zwanzig Jahren.

Willkommen auf „Gut Eden"

Raus aufs Land. Das war schon sein Traum gewesen,
solange er denken konnte. Schon als Kind, als sie noch
in einer Reihenhaussiedlung, am Stadtrand gewohnt
hatten, sein Vater, seine Mutter und er. Während
andere Jungs, mit Soldaten oder Autos, spielten, hatte
er mit den Mädchen Bauernhöfe aufgebaut. Natürlich
hatten sie auch damals schon einen kleinen Garten
gehabt. Ein kleines verwunschenes Biotop, inmitten
englischer Rasen und mit dem Lineal gezogener
Geranienbeete. Der Garten, war von je her, das
Refugium seines Vaters gewesen.Als Sechsjähriger
hatte er sich oft im Garten versteckt und unter den
mannshohen Büschen, Höhlen gebaut. Später mit
sechzehn, hatte er angefangen, seinem Vater bei der
Gartenarbeit zu helfen. Das funktionierte,
selbstverständlich, strikt nach Anweisung. Er ähnelte
seinem Vater in allem sehr, nicht nur äußerlich. Das
bekam er regelmäßig zu hören.
Auch in ihrer Art zu denken ähnelten sie sich,
allerdings war jeder von ihnen beiden gewöhnt, sich
nicht rein reden zu lassen und niemals weniger als
hundert Prozent zu geben. Deshalb funktionierte das
gemeinsame Arbeiten, in einem kleinen Garten, nur
dann, wenn eindeutig geklärt war, wer das Sagen hat.
Und das war natürlich sein Vater gewesen. Heute
musste er lachen, wenn er daran dachte, wie oft er die
Faust in der Tasche gemacht und sich gebeugt hatte.
Aber diese Zeiten waren lange vorbei. Hier gab es so
wohl Platz, als auch Arbeit genug. Sie hatten einfach
keine Zeit sich ins Gehege zu kommen. Darüber war
keiner von beiden traurig. Ganz im Gegenteil. Sie
verließen sich fest auf einander. Diskussionen darüber,
wie man eine einmal verrichtete Arbeit hätte besser
machen können, gab es nicht.

Im Grunde hatte „nur ein Garten" ihm nie gereicht. Die Fläche Land, die er sich verstellte, wurde in Hektar bemessen. Mit den Jahren, hatte er seinen Traum schon fast aufgegeben. Um so glücklicher, war Marc gewesen, als er sich plötzlich erfüllte. Das Grundstück war preisgünstig zur Versteigerung angesetzt worden. Ebenso preisgünstig wurde es im Anschluss versteigert. An ihn. Die finanziellen Formalitäten hatten sich als Kinderspiel herausgestellt. Ein par Gespräche mit seiner Bank und alles ging reibungslos von statten. Er hatte sich nie dafür interessiert, für welchen Betrag er der Bank „gut" war. Aber es hatte gereicht. Auch die Gehaltserhöhung, die sein Chef Rainer ihm anlässlich des Kaufvorhabens angeboten hat, hatte weiter geholfen. Als er sich damals, dafür bei ihm bedanken wollte, hatte Rainer nur abgewunken und gesagt, sie habe ohnehin angestanden.Da das Gut mehrere Jahre leer gestanden hatte, waren das Haupthaus und die umliegenden Wirtschaftsgebäude, in einen sehr schlechten Zustand gewesen. Das hatte ihnen nichts ausgemacht, Eva und ihm. „Wir können doch," hatte Eva immer gesagt, „die Ärmel hoch krempeln." Und damit hatte sie Recht. Denn das konnten sie wirklich und es war ihnen eine Leidenschaft. Beiden.Eva war das Beste, das ihm passieren konnte und er war dankbar für sie, jeden einzelnen Tag. „Mit diesem Gottesgeschöpf unter einem Dach leben zu dürfen, ist eine Gnade." Küsst täglich, den Boden auf dem ihre Füße laufen." Hatte Rainer zur Einstandsfeier mit vollem Mund gesagt, während er sich das fünfte Stück von Evas Sauerkirschkuchen, in den Mund schob. Dass bei Rainer, die Liebe schon immer ein bisschen, durch den Magen ging, war allgemein bekannt. Aber Recht hatte er. Marc wusste das, ebenso sein Vater. Und keiner von beiden vergaß jemals, Liebe und Dankbarkeit für Evas, fürsorgliche Pflege, zum Ausdruck zu bringen. Oft legte Vater ihr den Arm um die Schultern und küsste sie auf die Stirn, mit den Worten „diese Frau ist ein Sechser im Lotto.‟ Eva lachte nur „Männer ihr verwöhnt mich zu sehr, das schadet dem Charakter.‟ Eva lachte immer.

Natürlich hatte auch sein Vater einen wertvollen Beitrag, zur Restaurierung des Hofs geleistet. „ohne Papa,‟ sagte er oft, wenn sie abends gemeinsam durch den Garten spazierten, „hätten wir das nie geschafft.‟ In diesen Momenten fuhr sie ihm, liebevoll, mit den Fingern, durchs Haar und antwortete: "Ja, Dein Vater ist ein wundervoller Mann. Ich liebe ihn, seit ich ihn das erste Mal gesehen habe.‟ Ihr Leben, war arbeitsam und gut. Das Beste, das er sich vorstellen konnte. „Gut Eden‟ wie sie ihr privates Paradies getauft hatten, war im selben Maße, ihr aller Traum und sie restaurierten und pflegten es, mit großer Liebe. Da er wie gewohnt , seiner Arbeit nachging, fiel er bei den Arbeiten an den Gebäuden, in der Woche natürlich aus. Deshalb bemühte er sich, an den Wochenenden besonders, die liegen gebliebene Arbeit zu bewältigen. Es störte ihn nicht. Das Einzige, was ihn bekümmerte, war seinen Vater alleine zu sehen. Das allein Sein, tut Menschen nicht gut. Das war seine Meinung, schon immer, gewesen.

Vater war fast rund um die Uhr, auf „Gut Eden‟ beschäftigt. Er verließ es nur gelegentlich, um die notwendigen Einkäufe zu erledigen. Eva und er selbst waren da etwas anders. Marc kam schon durch seine Arbeit täglich unter viele Menschen. Eva hatte sich, in den umliegenden Dörfern, um getan. Sie besuchte regelmäßig, die unterschiedlichsten Kurse. Mal Töpfern, mal Yoga. Immer das, was ihr grade, so einfiel. Sie hatte unglaublich vielfältige Interessen. An den Wochenenden gingen sie und Marc regelmäßig ins Kino. Sie hatte Vater häufig darum gebeten, ihnen dabei Gesellschaft zu leisten. Besonders Eva hatte ihn förmlich darum angebettelt. Aber er hatte nur lachend abgewunken. Kino sei nichts für ihn hatte er gesagt. Er bliebe lieber zuhause mit seinem Bier, vor dem Fernseher. Da könne er wenigstens seine müden Beine hochlegen. Danach hatten sie aufgehört ihn zu fragen. Schließlich, wollten sie ihn, durch ihre Bitten, nicht in Verlegenheit bringen.

Einmal, als sie nach getaner Arbeit, bei einem Bier auf der Veranda saßen, hatte Mark ihn gefragt: "Hast Du niemals Sehnsucht, nach Gesellschaft?" Sein Vater hatte lange geschwiegen und über das Land geschaut. Dann hatte er geantwortet: "Ich bin glücklich, wie ich bin. Die Menschen die ich liebe und zum Leben brauche, habe ich täglich bei mir. Und wir alle drei sind guter Gesundheit. Mehr habe ich mir nie gewünscht." Sie hatten danach, noch lange, schweigend dort gesessen. Auch dabei hatte Marc es belassen. Sein Vater war ein erwachsener Mann, er hatte das Recht frei zu wählen.

Im vorletzten Sommer, hatten sie auf dem Dachboden eines der Nebengebäude, ein altes Klavier gefunden. Eva war begeistert. Es war eine Heidenarbeit das Monster vom Speicher runter zu bekommen. Sie bauten einen Flaschenzug, aber es stellte sich heraus, dass sie es zu zweit, nicht schaffen konnten. Das war eine gute Gelegenheit, die Nachbarn endlich kennen zu lernen, fand Eva. Eines Samstags, nach dem Frühstück, machten sie also, einen Zug durch die Gemeinde. Eva hatte einige ihrer berühmten Kirschkuchen gebacken und es stellte sich heraus, dass die Familien auf den nächst gelegenen Nachbarhöfe sehr nett waren. Am Ende des Tages hatten sie drei der fünf Höfe besucht. Sie hatten aber vier Nachbarfamilien angetroffen, denn die Nachbarn besuchten sich, wie sich herausstellte häufig, in dieser

Gegend. Für den nächsten Samstag, hatten sich fünf Männer gefunden, die angeboten hatten, zu helfen, den Dachboden, vom Klavier zu befreien. Darüber hinaus hatte Eva kurzer Hand, knappe fünfzig Menschen zum Grillen eingeladen. Sie nannte das, Kontaktpflege und es funktionierte hervorragend.

Um Punkt halb eins trafen die letzten Nachbarn ein. Alle waren sie mit Lebensmitteln, Tapeziertischen, Standgrills, Topfpflanzen und anderen Nützlichkeiten bewaffnet. „Gott sei Dank, hat keiner, eine Ziege mitgebracht" scherzte Eva, als er ihr auf dem Weg, in die Küche begegnete. Das Haus war brechend voll. Überall auf dem Hof standen Klappstühle und die Kinder picknickten, auf der anliegenden Wiese. Es dauerte keine Stunde, bis die Männer, das Klavier, vom Dachboden ins Wohnzimmer, transportiert hatten.
Völlig verzaubert standen nun sieben, gestandene Männer, vor einem alten staubigen Klavier, dass sie grade noch, mit Brachialgewalt, von einem Dachboden gerettet hatten. Und plötzlich schien es, als traute sich niemand mehr es zu öffnen, um zu sehen, ob es überhaupt noch Tasten hat.
Es dauerte einen Moment, bis Konrad, der älteste Sohn, von Hubert, dem der Hof, zwei Kilometer nördlich von ihnen gehörte, lachend das Schweigen brach und sich einen Hocker, ran zog. Konrad war etwa in Marcs Alter, er hatte ihn gleich gemocht. Seine Frau war hoch schwanger mit ihrem zweiten Kind. Sie versuchte gerade, Eva, auf der Veranda, das Rezept, für den Kirschkuchen zu entlocken. Im Prinzip standen ihre Chancen gut, denn Eva hatte ein großes Herz, für den Appetit, von Schwangeren. Konrad war ein wirklich guter Klavierspieler und es stellte sich heraus, das es sich noch ganz gut anhörte. Es war minimal verstimmt und weder Kälte, noch Luftfeuchtigkeit, schienen ihm geschadet zu haben. „Eva wird

begeistert sein." sagte Vater und wischte liebevoll mit einem Geschirrtuch über das Holz.

Im Anschluss daran, zog Marc mit Konrad los, um ihm als Entlohnung für das Hauskonzert, ihre Umbauarbeiten zu zeigen. Es stellte sich raus, das Konrad den Hof kannte. Da die Vorbesitzer alte Herrschaften gewesen waren, hatte er ihnen oft angepackt. Sie hatten grade die Scheune verlassen, als ein kleiner Junge an gelaufen kam: „Konrad, Du musst Dich beeilen, das Baby kommt."
„Beim letzten Mal", kommentierte Konrad, „hat es, ab jetzt noch genau sechsunddreißig Stunden gedauert."und verabschiedete sich von Marc. Er schien beschlossen zu haben, sich trotzdem zu beeilen. Marc ging zurück zum Haus, um Eva zu suchen. Er fand sie im Wohnzimmer. Verzückt, saß sie vor dem Klavier. Hinter ihr stand Vater, so dicht, dass ihr Kopf seine Gürtelschnalle berührte. Er hatte die Hände, über ihre Schultern auf ihren Brustkorb, zwischen ihre Brüste gelegt und seine Finger verschwanden in ihrer weißen Bluse.

Marc war wie vor den Kopf geschlagen. Sein Herz raste. Eva sah ihn an, als würde sie aus einem Traum erwachen. „Komm her Schatz, das musst Du Dir anhören. Es ist wunderschön." „Ja," sagte Vater, „der sofort einen Schritt zurück getreten war, „komm her Sohn. Hör Dir das an, Sie spielt wunderschön." Marc hörte das Blut in seinen Ohren rauschen. Er drehte sich auf dem Absatz um und ging. An diesem Tag wurde alles anders. Die beiden waren wie immer. So als wäre nie etwas vorgefallen. Eva war liebevoll wie gewöhnlich und auch sein Vater zeigte keine, nennenswerte, Veränderung. Manchmal hatte Marc das Gefühl, dass er eine Spur bemühter und entgegenkommender war, als früher. Ihr Schweigen machte ihn rasend. Aber auch er sprach nicht. Er vergrub sich in sich selbst und schaute seiner Wut beim Wachsen zu.

Die Situation war verwirrend, für ihn und er musste einsehen, dass er mit seinen Gefühlen nicht zurecht kam. An manchen Tagen fragte er sich, ob das was er gesehen hatte, nicht einfach eine Täuschung, ein Missverständnis gewesen war. An anderen Tagen erwachte er morgens mit einem Zorn, den er kaum bewältigen konnte. Er fing an die beiden zu beobachten. Plötzlich sah er all die kleinen Zeichen, die er all die Jahre übersehen hatte. Das Händchenhalten, beim Abendspaziergang, Blicke, die eine Spur zu innig waren und den Bruchteil einer Sekunde zu lang dauerten. Die Art, wie Eva beim Fernsehen, den Kopf an seine Schulter legte. Natürlich versuchte er seine Ehe zu retten. Er liebte Eva, mehr als sein Leben. Er wollte ihr gerne alles verzeihen, aber er wollte sie nicht verlieren. So gut er in der Lage war, bemühte er sich liebevoll mit ihr umzugehen. Aber sie entzog sich ihm. Sie erwiderte seine Zärtlichkeiten nicht und ging, sobald er näher kam. Als er sie fragte, warum sie ihn so ablehnend behandele, antwortete sie, sie fühle sich durch ihn bedrängt. Er wusste nicht mehr, wie er mit der Situation umgehen sollte. Seine Wut stieg von Tag zu Tag und je mehr er versuchte sie zu beherrschen, desto schwerer wurde es. Er fing an, unregelmäßig, unerwartet früh, von der Arbeit nach Hause zu kommen. Oft parkte er den Wagen vorne an der Straße und schlich sich zu Fuß ans Haus ran. An manchen Tagen ging er gar nicht zur Arbeit. An den Tagen, an denen Eva ihre Kurse hatte. Er achtete darauf bereits eine halbe Stunde vor Kursbeginn dort zu sein, parkte seinen Wagen irgendwo, um die Ecke und beobachtete sie aus Cafés und Telefonzellen. Oft war er entsetzt von sich selber, dann wollte er am liebsten seine Koffer packen und weg gehen. Irgendwo hin, wo ihn niemand kannte.

Aber er konnte nicht. Einmal bemerkte er, wie sich die beiden besorgte Blicke über den Frühstückstisch zuwarfen. Er hatte das Gefühl, dass sie sich, in seiner Anwesenheit geheime Zeichen gaben und fragte sich ob sie auf diese Art, die Zeiten vereinbarten, zu denen sie sich heimlich trafen.

Eines Abends, als es besonders schlimm war, wendete er vor seiner Straße den Wagen und fuhr zurück in den Ort. Dort setzte er sich in die erste Kneipe und betrank sich. Es war Konrad, der ihn von dort aus, abholt und erst mal, mit zu sich nahm. Er wollte ihn in diesem Zustand nicht nach hause bringen. So kam es, dass er Konrad die ganze Geschichte erzählte, angefangen von dem Samstag, an dem sie gemeinsam gegrillt hatten und an dem auch seine kleine Tochter zur Welt gekommen war. Konrad war ein sehr umsichtiger Mensch. Er hörte ihm zu, ohne ihn ein einziges Mal, zu unterbrechen. Er nickte, wenn Marc versuchte seine Gefühle zu beschreiben, zum Zeichen dafür, dass er ihn verstanden hatte. Marc hoffte so sehr, dass Konrad eine Lösung für seine Misere wissen würde. Nachdem er geendet hatte, saßen sie eine Weile schweigend da. Dann stand Konrad auf und goss ihm Kaffee nach. „Komm" sagte er, „trink." Dann setzte er sich wieder, Marc gegenüber. Konrad redete sehr langsam, so als müsse er jedes Wort genau überdenken. Es war diese Besonnenheit, die Marc so an ihm schätzte. Konrad schien, einer dieser Männer zu sein, die in jeder Situation wissen was zu tun ist.

Konrad sprach sehr lange zu Marc. Er sprach von Lebensentscheidungen und Verbundenheit zwischen Menschen. Er sagte, dass manche Menschen eine derartige Verbundenheit, zueinander entwickeln, dass ein Dritter sich daneben fühlen könnte, wie das fünfte Rad am Wagen. Er sagte auch, dass man nie wissen könne warum und mit wem Bindungen sich derartig festigen. Dass das im Grunde aber nicht schlimm sei. Er sagte, dass er, Marc zur Zeit sehr aufgeregt sei und das er das verstehen könne, dass er aber dringend der Situation Einhalt gebieten müsse, weil sonst ein Unglück geschähe. Zum Schluss riet er ihm dringend an, sich fachliche Hilfe zu holen. Dann brachte er ihn nach hause. Konrads Frau fuhr mit, damit sie seinen Wagen holen konnten. Sie war sehr nett und Marc hatte sie gern. Trotzdem hatte er es nie geschafft sich ihren Namen zu merken.

Als sie auf den Hof fuhren, stand Eva vor der Veranda die Arme verschränkt, in einem von Marcs alten Wollpullovern. Das sie geweint hatte sah er, als die Scheinwerfer des Wagens, in ihr Gesicht leuchteten. Vater stand neben ihr. Es dauerte ein bisschen, bis sie in der Dunkelheit, wohl geblendet, durch die Scheinwerfer, seinen Wagen erkannten.
Als sie ihn erkannt hatte, fing sie wieder an zu weinen. Er konnte es, an der Bewegung ihrer Schultern sehen. Sie drehte sich um und legte den Kopf an Vaters Brust. Der vergrub seine Hände in ihren Haaren, hob ihren Kopf und küsste sie auf den Mund. In diesem Moment verlor Marc, völlig die Beherrschung. Er sprang aus dem Wagen, der grade, nahe den Obstbäumen zum Stehen gekommen war, griff nach dem Spaten, der am Apfelbaum lehnte, rannte auf Vater zu und schlug auf ihn ein. Es war nicht weit und alles ging so schnell, dass Konrad, der ebenfalls aus dem Auto gesprungen war, nur noch verhindern konnte, dass Vater auf der Erde aufschlug. Die Obduktion sollte hinterher sagen, Vater sei sofort tot gewesen. Genickbruch. Eva schrie auf und wich einige Schritte zurück. „Der Situation sofort Einhalt gebieten" war alles, an das Marc denken konnte.

Er saß auf der Veranda, auf der Bank neben der Tür. Es waren viele Menschen dort. Ein Polizist hatte auf

ihn eingeredet, aber Marc hatte ihn nicht verstanden. Also hatten sie beschlossen ihn über Nacht in die Ausnüchterung zu stecken und alles weitere morgen zu regeln. „Alles weitere..." Marc fragte sich, was alles weitere bedeutet. Eva war im Haus, ein Arzt war gekommen, der ihr eine Spritze gab. Jemand hatte ihr eine Decke um die Schultern gelegt. Konrads Frau redete leise auf sie ein. Er konnte es hören, denn das Küchenfenster war gekippt. Konrad saß neben ihm, weiß wie eine frisch gekalkte Wand. Sie hatten ihm keine Handschellen angelegt, weil Konrad versprochen hatte, auf ihn auf zu passen. Sicherheitshalber standen wenige Schritte weiter, zwei bewaffnete Beamte. Zwei Männer, mit einer Bare, trugen seinen Vater, in einem schwarzen Sack, weg. Überall standen blinkende, leuchtende Autos und einige Funkgeräte knackten. „Ich konnte mich", dachte Konrad, „gar nicht verabschieden." Er hatte das Gefühl, alles an ihm sei aus Kaugummi. Möglich, dass auch er eine Beruhigungsspritze bekommen hatte. Er wusste es nicht mehr. Er hatte große Mühe, sich den Ablauf der Ereignisse, zurück ins Gedächtnis, zu rufen. Als Eva vor die Tür trat, erwachte er aus seiner Starre und sprang auf. Die Polizisten reagierten leicht alarmiert, ließen ihn jedoch gewähren. „Eva..., Eva", stammelte er, „aber Du bist doch meine Frau."
Sie schaute ihn lange an. Ihr Gesicht war merkwürdig regungslos. Dann kam sie auf ihn zu und strich ihm durch die Haare, wie sie es so oft getan hatte. „Du bist doch meine Frau." wiederholte Marc. Immer wieder strich sie ihm durchs Haar. Große Tränen rollten dabei über ihr Gesicht. „Ach Marc, mein Marc wiederholte sie immer und immer wieder." Marc nahm ihre Hand und wiederholte ein drittes Mal: "Du bist doch meine Frau." Eva zog ihr Hand weg. Sie schaute ihn nicht an, als sie antwortete. Sie sagte: „Nein Marc. Nein, ich bin nicht Deine Frau. Ich bin Deine Mutter."

Unten am See

„Wieso hatte das passieren müsse. Wieso hatte das
nur passieren müssen.", dachte sie und betrachtete
seinen Körper durch die Wasseroberfläche.
Ihn auf diese Art, durch diese dünne Schicht Wasser,
zu betrachten faszinierte sie, auf eine merkwürdige
Weise. Es war ihr unmöglich, ihre Augen abzuwenden,
von diesem Körper, den sie einmal so sehr geliebt
hatte. Der Wind strich über das Wasser und kräuselte
es leise in kleine Schaumwellen, hielt es fest und ließ
es los, wieder und wieder. Es sah aus, als würden
Millionen Fingerhut großer Fische, darauf tanzen. Die
Wellen warfen merkwürdige Reflexe auf seine Haut.
Kleine blasse Schatten, die beinahe eine bläuliche
Farbe zu haben schienen und die seiner Haut einen
Ton gaben, als sei er im Wasser geboren. Sein Haar
stand wild vom Kopf ab, der Anblick irritierte sie.
Normalerweise war er akkurat gekämmt zu jeder Zeit.
Von je her war er ein gepflegter Mann gewesen, so
lange sie denken konnte, hatte sie ihn niemals
ungekämmt oder unrasiert erlebt. Grade bot er einen
wirklich jämmerlichen Anblick. Seine Haare, wie sie
nass und unnatürlich wild vom Körper ab standen und
seine voll gesaugte Buntfaltenhose, die vom Wasser
an seinen Körper gedrückt wurde. Sein Gesicht war
leichenblass und leicht verzerrt und sie versuchte
durch die Wasseroberfläche seine Augen zu sehen.
Gerne hätte sie gewusst, ob der den Frieden den er
niemals wirklich gefunden hatte und nach dem er
ständig gejagt hatte, wie ein gehetztes Tier, nun in
ihnen angekommen war. Aber sie würde es nicht
wissen. Das Spiel der Wellen verschluckte seine
Augen. Sie konnte sie nicht sehen, sie würde es nie
erfahren. Nie wieder würde sie in seine Augen sehen
können. Ein leichtes Bedauern erfüllte sie. Er war
immer ein schöner Mann gewesen, aber seine Augen
hatte sie immer am meisten geliebt. Niemals hatten

sie nur die geringste Regung verraten. Ohnehin war er immer ein emotionsloser Mensch gewesen, der sich in jeder Situation zu beherrschen wusste. Er gehörte nicht zu diesen Menschen, die ihre Gefühle offen im Gesicht tragen. Aber das regloseste in seinem Gesicht, waren immer schon seine Augen gewesen. Wenn man nicht aufpasste, hatte man für Stunden darin versinken können, ohne auch nur zu spüren, dass eine einzige Sekunde vergangen war. „Du hast Zeitbrecheraugen", hatte sie einmal scherzhaft zu ihm gesagt. Er hatte sie nur angesehen, mit diesen Augen, tief und blau, wie ein See. Es war Ironie des Schicksals, dass sie diese Augen nun zum letzten Mal, durch die Oberfläche eines Sees gesehen haben sollte. „Das Schicksal, hat bis weilen einen merkwürdigen Humor." dachte sie und wunderte sich, dass dieser Gedanke sie so merkwürdig kalt lies. Schade drum, wirklich schade.

Eigentlich hätte sie frieren sollen, es war kalt geworden in den letzten Tagen. Aber sie fror nicht, ihr Körper zeigte keinerlei Anzeichen von Kälte. Sie hatte weder Gänsehaut noch schlug sie mit den Zähnen. Auch zeigte Ihr Körper keinerlei Anzeichen von Aufregung oder Verspannung.
Weder schlug ihr Herz besonders schnell, noch fühlte sich irgendwelche Stellen ihres Körpers hart an. Nicht ihr Genick und auch nicht ihre Arme. Das wunderte sie. Immerhin war es ein schwerer Kampf gewesen und er war um so vieles größer und kräftiger als sie. Es war nicht zu erwarten gewesen, dass er nachgeben würde. Nein, nachgeben war wirklich nicht seine besondere Stärke. Ganz sicher würde,   er niemals freiwillige nachgegeben haben, nicht wenn es um die Sicherung seines Lebens ginge. Trotzdem hatte sie sich als relativ ebenbürtig erwiesen. Am Ende hatte ein Stein, das Los entschieden. Ausgerechnet ein Stein, der völlig außer Plan dort unten am Strand

gelegen hatte. Ein Stein, von dem vorher sicher niemand etwas gewusst hatte und von dem jetzt auch niemand etwas wissen würde. Jetzt lag er mitten im See, irgendwo nahe der tiefsten Stelle, bei seinen anderen Steinbrüdern und Schwestern. Das Wasser würde das Blut aus seinen Kerben waschen und sehr bald würde er wieder ein Stein wie jeder andere sein. Nicht länger eine Waffe. Der Gedanke gefiel ihr. Er gab dem Gedanken „Fluss des Lebens" einen ganz neuen Sinn. Die Natur ist gut dachte sie, sie trägt nichts nach. Sie nimmt alles auf, wie eine Mutter, gliedert es in ihre Mitte ein und begradigt seinen Lauf, Stück um Stück. Auch von ihrer Haut hatte der See das Blut gewaschen. Er hatte es weg genommen, von ihrem Körper und sie war ihm dankbar dafür gewesen. Sie hatte es beobachtet, wie es in Fäden von ihrer Haut floh, so als wäre sie ein verbotener Ort.

„Wir hätten," dachte sie, „ein gutes Leben haben können. Warum nur musstest Du alles verderben?" Aber es war nicht zu ändern. Jetzt nicht mehr. Immerhin, ist Mord ein Kapitalverbrechen und kein Kavaliersdelikt. Selbst wenn sie jetzt noch beide am Leben wären, dann wäre mit einem Mordversuch nicht zu spaßen. Das musste, wohl oder übel auch sie, zugeben.
Im Grunde war sie wirklich wütend auf ihn. Wie hatte er es nur so weit kommen lassen können. Wie konnte er es zulassen, dass Mord die einzige mögliche Lösung geworden war. Man hätte reden können, versuchen die Situation zu klären. Sie hatte es schon versucht, oft. Immer wieder und wieder. Aber zum Reden war er nie bereit gewesen. Das Wasser ließ ihn leicht hin und her schwanken, oder vielleicht schwankte auch sie. Sie wusste es nicht, wusste gar nichts mehr. Die Situation hatte sie völlig überfordert, an den Rand ihrer Nerven getrieben und dann darüber hinaus. Sie hatte nicht

damit gerechnet, dass es so schlimm werden würde, dass es so schlimm werden müsste.

Im Grunde hatte sie bis zum Ende gehofft, dass es eine gute, eine friedliche Lösung für sie beide geben könnte. Aber die wollte er, sicher nicht. Das wusste sie jetzt. Doch nun war es zu spät, es würde kein wir mehr geben. Nie wieder.

Die Wolkendecke war aufgebrochen. Das Sonnenlicht stand auf dem See und das Licht zauberte, gebrochen vom Wasser ein wunderschönes Lichterspiel auf die nackte braune Haut seines Oberkörpers. Sein Hemd hatte er schon im Auto ausgezogen, so als hätte er es gewusst. Fragend schaute sie ihm ins Gesicht, suchte wieder seine Augen und fand sie nicht. Nasses Haar hing in langen Fäden in sein Gesicht, bis fast zur Nasenspitze. Er kämmte es zurück normalerweise, aber jetzt hatte das Wasser alles verdorben. Da war es doch gut, dass wenigstens das Hemd trocken und sicher auf dem Rücksitz des Autos lag. Bei all dem, was sie ihm übel nahm, musste sie einräumen, dass es eine kluge Lösung gewesen war, das Hemd auszuziehen. Vermutlich hatte er es schon gewusst. Wahrscheinlich schon, als sie die Abzweigung zum See eingeschlagen hatte, vielleicht sogar vorher. Er war immer klug gewesen, zu klug. Sie war sicher, dass er es vorher gewusst haben musste.

Ein kleiner Schwarm Fische tummelte sich direkt unter der Wasseroberfläche. Diese Sorte, die wirklich winzig und fast durchsichtig ist. Sie nahmen ihr die Sicht auf sein Gesicht. Überhaupt fing sie an verschwommen zu sehen. Das kalte Wasser, das anhaltende Starren durch die Wasseroberfläche und geblendet von der hellen Sonne, mussten ihre Augen schwer gereizt haben. Nein, seine Augen würde sie nicht wieder sehen, da war sie sicher.

„Wieso nur, hatte es so weit kommen müssen?" Sie würde es nie verstehen und dabei war sie gewarnt gewesen. Alle hatten es gesagt. Dreihundert fünfundsechzig Mal am Tag, an dreihundert fünfundsechzig Tagen, war sie gewarnt gewesen. Sie hatte es nicht wissen wollen und mit ihrer Weigerung, hatte sie die Unausweichlichkeit akzeptiert. Sie hatte sie mit Blut unterschrieben. Mit ihrem Blut. Ruckartig drehte er den Kopf. Sie kannte diese Bewegung, sie wusste, gleich würde er vom Ufer zurück treten. Dann würde er sich umdrehen und gehen. „Wie hatte er das nur tun können?"

Auch Idioten brauchen Liebe

Normalerweise mag ich Bergsteigen, zu mindest meistens. Im Prinzip ist es kein richtiges Bergsteigen, eher Wandern. Bergwandern mit kleinen und großen Steigungen. So mag ich es gern. Nicht zu einfach, nicht zu schwer, so wie es sich gehört. Wenn man am Ende nicht müde ist, dann weiß man nicht was man getan hat. Das gefällt mir nicht. Ich weiß gerne was ich getan habe und natürlich auch warum. Was ich getan habe, das weiß ich dieses Mal ganz sicher. Ich wünschte, ich wäre Dornröschen. Nur die Sache mit dem warum, die hat einfach nicht funktioniert. Ich weiß es wirklich nicht. Im Grunde war ich von Anfang an dagegen. Vermutlich bin ich deshalb so sauer, weil ich tausend andere Ideen gehabt hätte und mich natürlich niemand gefragt hat. Wie immer. Vielleicht wäre ich gerne ins Kino gegangen am Samstagabend. Am Sonntag, hätten wir spazieren gehen können, irgendwo am Wasser. Im Grunde sollte nichts daran auszusetzen sein, sich manchmal ein bisschen Ruhe zu wünschen. Wir waren schon so lange nicht mehr im Kino und auch nicht beim Italiener. Und ich habe immer gedacht, dieses so lange nicht mehr fängt frühestens an, wenn man mal verheiratet ist und Kinder hat. Da habe ich mich wohl gründlich getäuscht.

Die Idee mit dem Bergwandern hatte Thomas. „Wir sollten" sagte er doch „mal wo hin fahren, wo wir noch nie waren." Alles nur wegen Gunther. Nur weil sein blöder Kollege das Wochenende vorher dort war und ihm die ganze Woche in den Ohren gelegen hat, dass die Landschaft zwar wirklich sehenswert und geradezu traumhaft, die Strecke aber kaum zu bewältigen wäre. Dieser winzige, wie beiläufig gefallene Nebensatz muss es gewesen sein „, ist aber kaum machbar." Ich hab es schon gehört, als sie zum dritten Mal darüber telefonierten. Das Kommunikationsverhalten des Mannes mit dem Mann, ist eine beschränkte Angelegenheit. Das mag wohl daran liegen, dass die Plattform dafür im Reptilienhirn liegt. Eine ziemlich binäre Angelegenheit. Die Grundfrage ist einfach: „Kämpfen wir an der selben Front, oder müssen wir erst noch unsere Schnürsenkel vergleichen. Und dabei geht es selten darum wer die schönste Schleife macht. Männer sind einfach keine Esteten. Natürlich ist es schön in der Schweiz, das wussten wir schon. Die Schweiz ist überall schön und die Landschaft natürlich traumhaft. Ich glaube, die Schweizer fangen etwas, das sie nicht gut machen können, gar nicht erst an. Schokolade, Messer und Berge. Jedenfalls hat uns diese Information, nicht grade eine großartige Errungenschaft, die unseren Wissensstand maßgeblich verbessert hätte verschafft. Ich persönlich glaube wirklich, dass es eher um die zweite Passage der Auskunft ging, dem Teil der besagt, dass die Strecke kaum zu bewältigen wäre. Thomas hat das natürlich rundweg abgestritten. Herr Gott bin ich froh, dass wenigstens Amerika mittlerweile entdeckt wurde. Das wäre wirklich ein harter Job für ein kurzes Wochenende. „Es geht doch nur darum, mal was anderes zu sehen." hat er gesagt. Schon das kann nicht die Wahrheit sein, denn im Grunde sehen wir ständig was anderes. Uns bekannte Dinnge meiden wir, wie der Vampir den Knoblauch. Meine Mutter ist schon der Auffassung, ich sollte ihr, alle sechs Wochen ein aktuelles Photo schicken, weil sie mich kaum mehr zu sehen kriegt und ich fürchte damit hat sie auch noch recht. Ich hab keinen Schimmer, wie ich das auch noch hin kriegen soll. Also gehe ich wohl demnächst wirklich mal zu Photographen. Das heißt, ich gehe vielleicht zum Photografen. Natürlich nur, sollte ich den Weg jemals finden, raus aus dieser Einöde. Die zweite Möglichkeit wäre, dass ich ihm, Thomas kurzer Hand das Genick breche. Ich könnte mir einen Mann suchen, der ein bisschen weniger anstrengend ist, dem auffällt wenn ich beim Friseur war und der keinerlei Probleme damit hat mit mir zusammen, alle vier Wochen bei Mama zu essen. Überhaupt zwischendurch Sonntags einfach mal im Bett zu bleiben wäre auch ganz schön. Man muss ja nicht immer gleich die sieben Weltmeere aus den Angeln heben.

Wahrscheinlich werde ich ihm wirklich das Genick nicht brechen. Aus unterschiedlichen Gründen nicht. Bestimmt werde ich dann, wenn ich die Möglichkeit dazu haben sollte, nicht mehr wütend genug sein. Das ist immer so, es ist bedauerlich, aber leider die Regel. Außerdem müsste ich, für solch eine Veranstaltung bestimmt viel mehr Spinat essen und den mag ich nicht. Spinat habe ich immer gehasst. Ich esse ihn schon seit meiner Kindheit aus purem Pflichtgefühl. Weil er gesund ist und weil manche Dinge eben sein müssen, gemocht habe ich ihn noch nie. Pflichtschuldig ist der primäre Begriff in meiner Charakterologie. Ganz bestimmt wird er irgendwann auf meinem Grabstein stehen, in güldenen Lettern so zu sagen. Kein Vorname, kein Nachname und auch sonst nichts Wesentliches. Einfach „PFLICHTSCHULDIG". Menschen wie ich brauchen keine Namen, man könnte sie theoretisch nummerieren.

Auf die Gefahr hin mich anzuhören, wie eine quengelige Dreijährige, aber mir tun die Füße weh und mir ist heiß. Seit mindestens zwei Stunden habe ich kein Wasser mehr und Hunger, ist für das Gefühl in meinem Magen, nicht die richtige Beschreiben, sicher nicht. Es ist zwar schön hier, wirklich idyllisch, wie gesagt. Die Schweiz ist wunderschön. Ich glaub andere Ecken haben die hier wirklich nicht. Wenn man davon absieht, dass ich mindestens ebenso lange keinen Menschen mehr gesehen habe, wie ich auf dem Trockenen sitze. Natürlich muss ich auch die Kleinigkeit übersehen, dass ich jetzt, nach vier Stunden zum dritten Mal auf dem selben Stein am selben Wegweiser sitze und mindestens fünfzehn Bremsenstiche habe. Autsch, die Biester sind wirklich widerlich. Ich kann mich zwar nicht dran erinnern, jemals geäußert zu haben, dass ich mal Lust hätte meine Zeit mit ein bisschen „Sado- Maso" zu verbringen, davon abgesehen, ist die Welt völlig in Ordnung. Ich hasse es. Dass ich es hassen würde, diesmal habe ich gewußt. Dann hab ich mich trotzdem bequatschen lassen, obwohl es sich von Anfang an völlig falsch angefühlt hat. Am Freitag wollte ich noch am liebsten ausruhen. Aber im Moment würde ich am liebsten jemand etwas Böses antun. Um genau zu sein ziemlich böse. Warum Männer immer mit dem Schädel durch die Wand müssen, das verstehe ich wirklich nicht. Im Grunde gibt es ja doch ziemlich viele Türen, die man einfach nehmen könnte. Dafür sind sie ja schließlich da. Aber nein, ein Mann der nicht mit dem Schädel durch die Wand geht, ist einfach kein richtiger Mann. Es könnte ihm am Ende jemand unterstellen, dass er Angst vor der Wand hätte. Pfui, Warmduscher. Beweisen wir also Gunther, dass „nicht machbar" für uns im Grunde genommen kein Problem ist und dass die unmöglichsten Dinge uns selbst verständlich, ganz leicht fallen. Na wenigstens erwartet niemand, dass ich dabei auch noch gut aussehe, jetzt wo „uns" ja doch mehr „ich" meint. Also das wäre wirklich die Höhe. Es ist wirklich typisch. Typisch ist, dass ich mich erst überreden lasse und am Ende das Nachsehen habe. Und all das nur, damit er am Montagmorgen sehr entspannt und wohl gebräunt die Füße auf seinen Schreibtisch legen kann um den Kollegen zu fragen, wo denn genau das Problem gelegen haben soll. „Also wir hatten damit keine Probleme." ist mein

Lieblingssatz. Im Regelfall stimmt das auch, zumindest für seinen Anteil am „wir".

Ich bin selbst schuld, ich bin einfach zu blöd. Es liegt nur daran, dass ich mich immer überreden lasse. Wenn ich genau darüber nachdenke, glaube ich, dass ich eigentlich überhaupt keine Männer mag. Ganz sicher waren sie die Krone der Schöpfung, bis Gott auf den glorreichen Gedanken kam, die Frau up – zu – daten. Die Jungs haben einfach den Knall nicht gehört, deswegen ist es mit gelegentlicher Demut auch nicht wirklich weit her. Na ja, die ist ja dafür bei den meisten Frauen ein fester Bestandteil, der Baureihe. Ganz bestimmt: Ich mag sie nicht. Eines Tages werde ich viele wundervolle Kinder haben, deren Väter in Sibirien über ihr unzulängliches Dasein meditieren, oder in Madagaskar. Das wird ein wundervolles Leben, ich bin mir sicher. Männer machen einfach immer nur Ärger.

Natürlich bin ich gestern Abend früh ins Bett gegangen, schließlich mussten wir heute morgen um halb fünf los. Hätte ich wirklich Lust gehabt, dann hätte ich das bestimmt nicht schlimm gefunden. Hatte ich aber nicht. Plötzlich fühlte sich der Freitagabend an, wie ein Montagmorgen. Immer dann, wenn es nach „Du musst" riecht, habe ich plötzlich keine Lust mehr. Müssen und sollen, sollte man am Wochenende, gesetzlich verbieten lassen. Im Grunde weiß ich gar nicht, warum ich nicht wollte, es war einfach so ein Gefühl. Ich mag schon Gunther nicht. Den mit dem Hinweis, an die traumhafte Idylle. Ich könnte wetten, dass hat er mit Absicht getan. Der Typ ist ein absoluter Schmierlappen, außerdem bösartig und intrigant. Es wundert mich schon, dass seine Frau ihm niemals aus dem Bett gerutscht ist, um an der nächsten Wand aufzuschlagen und sich eine kräftige Gehirnerschütterung zu holen. Überhaupt wundert mich, dass sie ihn nicht längst verlassen hat, den

167

Grinseprinz. Bösartigkeit ist der einzige Grund, der mir einfällt, den Gunther haben könnte ein traumhaftes Wochenendziel weiter zu geben. Eher würde er sich die Zunge abbeißen, als freiwillig zuzugeben, dass er etwas nicht geschafft hat. Da kann schon nur Vorsatz dahinter stecken. Mein Mann, der Trottel, fällt natürlich darauf rein. Was immer dieser Mann zu sagen hat, ich traue ihm nicht. Ich würde ihm auch nicht glauben, wenn er sagen würde „He, Du hast einen schwarzen Pullover an.". Selbst dann nicht, wenn ich den Pullover selber angezogen hätte, was für meine Verhältnisse normal ist. Ich ziehe meine Pullover selber an. Ob das auf Gunther auch zutrifft, da bin ich mir nicht so sicher. Wahrscheinlich legt sie ihm abends die Anziehsachen noch raus. Ich will nicht wissen, wie dieser Mann rum laufen würde, ginge dieser Service eines Tages verloren. Wahrscheinlich müsste er sich schnell ne neue Mami suchen um überhaupt noch auszusehen, wie ein Mensch. Muttersöhnchen. Der Mann rührt wirklich keinen Finger, ohne Eigennutz. Sollte er jemals einer alten Dame die Türe aufhalten, dann hat er vermutlich beobachtet, wie sie aus ihrer Handtasche fünfzig Euro verloren hat und befürchtet, dass es ihr auffallen könnte, wenn sie nicht schnellstens verschwindet. Ich habe ihm genau ein Mal geglaubt und schon das nicht freiwillig. Das passiert mir nie, nie wieder. Gunther ist ein Drecksack aus Leidenschaft. Immer wenn wir uns begegne, fällt mir ein, dass das menschliche Lächeln ursprünglich ein Zähne fletschen war. Mein Lächeln für Gunther jedenfalls besagt: „Schau her, ich hab sie noch fast alle und für Dich werden sie sicher reichen." In Kombination mit einem dazwischen vor rollenden „Verzieh Dich Du Pisser."

Um halb neun heute morgen, ist uns auf der Autobahn plötzlich der Motor ausgegangen. Ich fand es gar nicht so schlimm, denn ich träumte grade von einem

Samstagsaufenthalt in der Sauna. Ist der Gedanke zu schwitzen, was das Zeug hält, ohne einen einzigen Finger zu rühren, nicht wundervoll. Thomas war ziemlich sauer, natürlich. Sein Zeitplan war durcheinander. Das wäre die Chance gewesen, so zu sagen meine letzte Abfahrt vor Exetus. Ich hab es ja versucht, aber wahrscheinlich zu halbherzig. „Lass uns doch den ADAC rufen und sehen, wie wir wieder nach hause kommen. Wir sollten den Wagen besser am Montag in die Werkstatt bringen." Hätte ich den Rat meiner Freundin Tina befolgt, wäre alles viel besser gelaufen. Ihre ultimative Hauptregel im Umgang mit Männern lautet: „Mach niemals gute Vorschläge, erteil Befehle. Kurz und knapp und benutze dafür den Überraschungsmoment in Verbindung mit ein bisschen Sex, das tilt das Reptilienhirn. Sonst hast Du verloren. Nur nie den Einsatz verpassen, dann könnt ihr hervorragen harmonieren." Das hätte funktionieren können Aber natürlich habe ich den Einsatz verpasst. Im Grunde, bin ich halt doch ein ziemliches Weichei. Am spannendsten finde ich immer was am Ende aus diesen männlichen Fehllandungen resultiert. Der eine versaut was und erfindet dabei das Penicillin, der andere versaut was und entdeckt dabei Amerika. Beides ein voller Erfolg, obwohl Amerika und Indien doch ein ganzes Stück auseinander liegen. Die können da was, das kann ich nicht. Das macht mich irre.Ich habe es noch nie geschafft mir Traubensaft über die Bluse zu schütten und glaubhaft zu versichern, das wäre eine ganz neue Batiktechnik. Mag daran liegen, dass Batik grade nicht besonders in ist, was man von Amerika wohl nicht sagen kann. Man muss einfach die richtigen Fehler machen. Der ADAC ist dann auch gekommen, hat für teures Geld was ausgetauscht und uns weiter fahren lassen. Ich weiß gar nicht genau was es war. Kugeldingsbumstankmotorsteller oder so. Es hörte sich für meine Ohren irgendwie ölig an und ich wollte es nicht wissen. Wirklich nicht. Ich setzte mich ins Raststättencafe um mir vorzustellen, wie es wäre einfach mit einem wildfremden Trucker durchzubrennen. Strafe muss sein. Natürlich habe ich es nicht getan. Ich hatte meinen Ausweis noch im Auto und außerdem hat mir keiner von denen gefallen. Am Ende wäre es wohl doch das Selbe geblieben. Von wem man sich zu Dingen überreden lässt, die man nicht will, ist ohnehin egal. Meine Erfahrung ist, sie gehen so oder so schief. Dieses Ding, das Männer da miteinander haben, das werde ich nie begreifen. Flachköpfe.

Dabei ist Thomas im Grunde gar nicht so blöd. Ich glaube er kann Menschen schon ganz gut einschätzen. Aber, das Reptilienhirn schaltet sich ein, wie Anrufbeantworter. Ab dem Moment, in dem das rote Knöpfchen gedrückt wurde, weiß man genau, wie es jetzt weiter geht. Es ist praktisch immer das Selbe. „Bitte sprechen sie jetzt, oder lassen sie es bleiben, mein Mensch ist auf Autopilot geschaltet, er macht einen komatösen Eindruck und ist bis auf weiteres nicht ansprechbar. Piep." Frauen sind da einfacher. Man weiß immer genau, welche man zur Begrüßung küsst und bei welcher man aufpassen muss, dass sie einem nicht mit einem gezielten Ausweichschritt ihres Pfennigabsatzes einen Zeh bricht: „Oh Entschuldigung, das tut mir ja so leid. Tut es sehr weh?". „Nein gar nicht." Humpel, „Autsch". Männer können sich in einem Moment hassen, wie die Pest und im nächsten Moment weinend in den Armen liegen. Das würde man bei Frauen nie erleben, wenn sie nicht grade in der Politik tätig sind. Sind sie einmal scharf drauf, Dir ein Messer zwischen die Rippen zu schieben, kannst Du Dich ziemlich sicher drauf verlassen, dass dieser Zustand lebenslang erhalten bleibt. Wir Mädels sind schon Biester und wahrscheinlich sind wir nicht ehrlicher als die Männer, aber wenigstens sind wir konsequent. Richtig leiden kann er Gunther wohl auch nicht. Aber so ganz von ihm lassen, kann er wohl auch nicht.

„Willst Du dass er ein Mann ist, dann musst Du mit ihm reden wie mit einem Jungen. Willst Du dass er ein Junge ist, musst Du mit ihm reden wie mit einem Mann.": Noch ein Ratschlag meiner Freundin Tina. Ich glaube sie meint damit den Unterschied zwischen „Schaaaaaaaatz bringst Du mir den Müll runter, büüüÜüüüüÜüteeE?" und „Also hör mal, so geht dass wirklich nicht. Schließlich leben wir hier gemeinsam und haben beide genug zu tun. Ich finde, Du kannst an diese Dinge ruhig selber mal denken?!!!" Tina kennt sich aus. Ich bin sicher, wenn sie einen Mann hätte, dann würde sie ihn, im Handumdrehen, hervorragend organisieren. Aber sie hat keinen. Ist ihr zu anstrengend, sagt sie.

Verdammt ist das heiß hier, ich glaube ich hab einen Sonnenstich. Ich will nachhause in mein Bett. Heute morgen in der Raststätte habe ich meinen Geldbeutel verloren. Ich musste mich beeilen, schließlich waren wir spät dran, da muss er mir aus der Jacke gefallen sein. Als ich es gemerkt hatte, waren wir schon gute hundert Kilometer weiter. Nachdem mir eingefallen ist, dass ich meine Papiere vorsichtshalber mit in den Rucksack gepackt habe, sind wir natürlich weiter gefahren. Es war ja auch nicht mehr wirklich viel drin. Trotzdem hätte ich ihn gerne wieder gehabt. Neue Geldbeutel sind immer so fremd, es kann endlos dauern, bis ich mich an sie gewöhnt habe. Am liebsten mag ich, wenn sie anfangen weich und bekannt in der Hand zu liegen. Ich mag sie dann, wenn andere Leute längst anfangen sich nach einem Neuen umzuschauen. So ist das bei mir mit allem. Eine gut eingetragene Jeans, die plötzlich reißt kann mir spontan die Tränen in die Augen treiben. Neue Dinge sind fremd. Sie können schön sein aber fremd sind sie trotzdem. Mit jemand oder etwas nach hause zu kommen, kann ein weiter Weg sein. Aber ein bisschen zu hause sein, das sollte man doch können. Ich will meinen kuscheligen alten, abgewetzten Geldbeutel zurück. Außerdem will ich eine große Flasche kaltes Mineralwasser und eine Tasse Kaffe mit viel Milch und drei Löffeln Zucker... zuhause in meinem Bett. Aber wir mussten ja unbedingt mitten in der Nacht weg um fremde Welten zu erforschen.

Als wir endlich ankamen, war es schon fast zwei Uhr. Normalerweise ist das nicht mehr die Uhrzeit, sich hier auf den Weg zu machen. „Zehn Uhr war verabredet.", hat Thomas gesagt, weil er sich versprochen hatte. Das hatte so was durchorganisiertes, das muss er glatt vergessen haben mir zu erzählen. Der Bergführer hätte, sagte er, noch eine Gruppe dabei gehabt, deshalb sei er dann wohl auch pünktlich los gegangen. „Welcher Bergführer?" habe ich gefragt und dachte ich hätte was falsch verstanden. Die Antwort hätte ich mir auch selber geben können. Verdammt, manchmal würde ich wirklich zu gerne mal gefragt werden. Auch wenn er sich noch tausend mal, über meine große Vorliebe für gut eingetragene Dinge lustig macht, dieser Mann hat wirklich großes Glück, dass ich bin wie ich bin, sonst hätte ich ihn, spätestens in diesem Moment auf den Mond geschossen. Vielleicht breche ich ihm doch noch irgendwas. Die Nase, oder eine Rippe, eine von den Kleinen. Ich möchte so gerne mal gefragt werden, was ich will und nicht immer nur „Schatz geht es noch?" Jungs sind doof. Ich komm mir allmählich vor, als sollte ich langsam einen eigenen Zivildienstleistenden beantragen.

Ganz ehrlich: „Nein, es geht nicht mehr. Grade in diesem Moment schon überhaupt nicht. Es reicht!" Und alles nur wegen Gunther. Ich warte nur auf den Tag, an dem ich den Affen, so zu sagen als beratendes Organ, in meinem Bett liegen habe. Das kann natürlich nicht passieren, ich weiß schon. Aber sicher sein kann man ja nie. Im Grund genommen passieren doch die merkwürdigsten Dinge. Und am Ende weiß immer keiner, wie das eigentlich passieren konnte. Immer dann, wenn hinterher keiner weiß, wie es passieren konnte, dann steckte vorher, die huldvolle Planung, eines glorreichen Mannes dahinter, da bin ich mir sicher. Wenn ich schon persönliche Lebensberater brauche, dann will ich sie mir wenigstens selber aussuchen. Ich bin ziemlich sicher, dass mir eine Menge Menschen einfallen würden, die meine private Freizeit erheblich effektiver bespaßen würden, als Herr Oberschnösel. Verdammt, wer ist der Kerl überhaupt, dass er sich das unaufgefordert raus nehmen darf?

„Das ist doch kein Problem für uns." hat Thomas gesagt, als wir da standen, schon schwitzend, ohne einen einzigen Schritt getan zu haben und natürlich ohne Bergführer. „Schließlich können wir gleich beides, Wegweiser und Karten lesen.". Natürlich können wir das. Ich kann Karten nicht nur lesen, ich kann sie auch noch richtig rum halten. Im Grunde kann ich besser Karten lesen, als die meisten Männer, die ich kenne und die können es auch alle. Aber leider hilft hier keins von beidem. Hier stimmt wirklich gar nichts. Das Schlimmste ist nicht, dass ich schon wieder hier sitze, auf diesem blöden Stein. Das Schlimmste ist, dass ich überhaupt keine Ahnung habe warum. Wenn es nicht geht, dann hat man einen Fehler gemacht, oder ein par einen Fehler. So funktioniert das normalerweise, zumindest mit dem Karten lesen. Die Lösung ist einfach. Man fängt von vorne an, geht den ganzen langen Weg noch mal und passt besser auf. Es sei denn, die blöde Karte stimmt nicht. Bei aller Liebe, ich habe keine Ahnung, wo es hier weiter geht. Verzweiflung, ja ich glaube das Wort Verzweiflung trifft es ganz gut. Darf man Verzweiflung als Frau überhaupt sagen, ohne schon eine Schande für die ganze lange Emanzipation zu sein. Unter normalen Umständen, würde ich mich jetzt hinsetzen und mich keinen Millimeter mehr bewegen. So lange, bis jemand etwas Vernünftiges anstellt, um die Situation in Ordnung zu bringen. Dann werde ich noch, wenn es dunkel ist hier sitzen und mir den Hintern abfrieren, während mein armer hoch besorgter Mann sich irgendwo im Warmen große Sorgen macht. Gunther tut dann schon lange das, was ich eigentlich dieses Wochenende tun wollte. Vermutlich plant er grade neue Schandtaten, in welcher Farbe wir demnächst unser Badezimmer streichen, damit das Zubehör besser zur Geltung kommt oder so. Wahrscheinlich sollten wir am besten jedes Zimmer mit Kameras ausstatten, damit er jeder Zeit, einen angemessenen Überblick darüber hat, ob auch alles richtig gehandhabt wird. Nur zu unserer Sicherheit versteht sich. Ins Schlafzimmer hängen wir gleich vier, damit ihm nicht langweilig wird. Ein Mensch der sich die wichtigen Dinge immer aus der selben Perspektive angucken muss, wird am Ende nervlich völlig überspannt sein, das wäre wirklich eine Zumutung. Dann hab ich den Idioten wirklich im Bett. Igitt. Manchmal ist es gut zu wissen, dass wir in einem Rechtsstaat leben. Das sorgt dafür, dass einem manche Dinge wohl doch nicht passieren können, hoffe ich. In der Hölle soll er braten. Ist das heiß hier und so langweilig. Ich fasse es nicht. Auf Gedeih und Verderb einem Mann ausgeliefert, den ich mir ums Verrecken nicht ausgesucht hätte. Auch dann nicht, wenn wir alleine auf einer einsamen Insel säßen. Wo immer dieser Mann sich rumtreibt, will ich nur eins: Ich will weg. Schon der Gedanke, die selbe Luft zu atmen ist mir einfach, viel zu viel. Zum Glück muss mir das keine Probleme machen, denn ich sitze ja hier im tiefsten Nirwana, auf der Alm und der Widerling ist weit weg. Ich denke, ich werde meine Nachtgebete umgestalten in: „Lieber Gott schick mir alles, was keiner braucht. Erdbeben, Hochwasser und die Pocken aber bitte nicht Gunther." Wenn der Lift nicht ausgefallen wäre, dann wären wir bestimmt schon längst im Hotel. Heiß geduscht, mit einem Glas Wein in der Hand auf der Terrasse, bei einem guten Abendessen und zusammen. Die Zeit, die man gemeinsam verbringt ist doch irgendwie wichtig, selbst wenn man gar nicht viel tut. Ich liebe es, wenn wir abends auf dem Sofa liegen und lesen, jeder in seinem Buch. Ich liebe es auch dann, wenn keine anderen Aktivitäten dazwischen kommen. Ein bisschen Schwund ist ja immer. Obwohl die Bücher die selben bleiben, bekommen die Geschichten irgendwie eine andere Farbe. Das Lesen macht einfach mehr Spaß. Überhaupt macht alles gemeinsam mehr Spaß, sogar diese Dinge, die man alleine genauso gut selber tun kann. Sie sind alleine einfach nicht, genau so gut. Zum Beispiel Wandern. Bestimmt hätte es ganz schön werden können, obwohl ich keine Lust hatte.

Die Schlucht ist höchstens zwanzig Meter breit, das ist echt ein Witz. Leider ist sie viel tiefer. Viel, viel tiefer. Als wir grade rüber wollten, klingelte Thomas Handy. Es sollte verboten werden Mitarbeiter am Wochenende zu stören, selbst dann wenn man der Sohn vom Chef ist.
Mir passiert das nie, aber bei Thomas ist es ständig der Fall. Einmal hab ich ihm vorgeschlagen, einen Goldfisch zu kaufen, damit wir das Handy im Glas versenken können. Hätte klappen können, er hatte wirklich gute Laune an diesem Tag. Die Idee fand er trotzdem nicht so gut. „Pflichtschuldig". Eines Tages werden wir ein Doppelgrab haben, auf dem Pflichtschuldig & Pflichtschuldig steht. Das wird wohl das erste Doppelbett sein, in dem wir liegen bleiben dürfen, so lange wir wollen. Nicht steril, aber dafür anonym und selbst verständlich mit Immunität gesegnet. Das werden goldene Zeiten, ich freu mich

schon drauf. Thomas hat gemeint, der Goldfisch würde nichts nützen, denn dann müsste er sich ein neues Handy kaufen. Das neue Handy hat er sich zwar kurz drauf trotzdem gekauft, aber auf den Fisch haben wir verzichtet. Im Grunde tun Fische ja nicht wirklich viel und ich glaube so richtig glücklich sind sie in ihren Gläsern auch nicht. Die Art wie sie einen, verzerrt durch die runden Gläser angucken ist mir irgendwie unheimlich. Sie sehen aus wie Spanner, wenn sie einem, so schwer atmend in den Ausschnitt glotzen. Das neue Handy war eine gute Idee. Gunther, Berufsstand Sohn, stört unser Privatleben zwar nicht seltener, aber mit viel freundlicheren Klingeltönen. Das ist schon mal ein Anfang. Ich nehme an, der Rest wird sich irgendwann finden.

Jedenfalls, klingelte das Handy grade als wir mit dem Lift rüber wollten. „Freude schöner Götterfunke", schon daran hätte uns auffallen können, dass es natürlich Gunther war. „Ich komme mir dem nächsten Gondel nach." hat Thomas gesagt. Ich solle schon mal vorfahren und mich „orientieren". So haben wir es dann auch gemacht. Aber leider gab es keinen nächste Gondel, denn die Anlage fiel kurz drauf aus. Ich war so zu sagen der vorletzte Passagier. Der Letzte, eine dicke rotblonde Frau mit grünen Socken in den Wanderstiefeln, die am laufenden Band kicherte, als hätte sie einen Schluckauf kranken Frosch verschluckt, wurde von drei Männern, mit der Handkurbel rüber gezogen. Sie haben fast eine halbe Stunde für die letzten drei Meter gebraucht. Ich bin froh, dass ich noch elektrisch rüber gekommen bin. Ich wäre schon fast vor Angst gestorben, als das Ding noch funktionierte. Nur nicht runter gucken ist der beste Rat, den man einem Menschen in einem Sessellift über einem gähnenden Abgrund geben kann. Nur nicht runter gucken, ist gar nicht so einfach. Ich jedenfalls kann es nie lassen. Erst gucke ich runter um das

Risiko im übelsten Fall einzuschätzen. Dann fällt mir ein, dass ich überhaupt nichts unternehmen kann, falls er eintritt. Zum Schluss ist mir spei übel. Mir so zu sagen bildlich vorzustellen was passieren würde, wenn das ganze Ding plötzlich abstürzt, kann ich einfach nicht lassen. Es drängt sich mir praktisch auf, so wie Gunther. Wahrscheinlich würde man einen solchen Sturz überhaupt nicht überleben. Wenn man ihn überleben könnte, dann würde man sich sicher alle Knochen brechen. Mir den Rücken zu brechen, war von je her meine größte Sorge. Ich habe überhaupt keine Angst vor Krankheiten, aber ich hatte immer große Angst mir das Rückrat zu brechen. Früher hatte ich einen Freund, der leidenschaftlicher Motorradfahrer war. Nach drei Jahren haben wir uns getrennt, weil unsere Interessen zu weit auseinander gingen. Wir haben uns auseinander dividiert, so haben wir es damals genannt. Das war im Grunde nicht richtig, wir waren von Anfang an eine Milchmädchenrechnung, auch wenn wir in mancherlei Hinsicht ganz gut zueinander gepasst haben.. Es war nur so, dass er seine Freizeit mit Motorrad fahren verbrachte, während ich meine damit verbrachte, das Motorradfahren zu vermeiden. Irgendwie hatte es so keinen Sinn. Ein halbes Jahr später, hatte er einen schweren Unfall und heute sitzt er im Rollstuhl. Wären wir damals noch zusammen gewesen, hätte mich das nicht gestört. Waren wir aber nicht. Seine Freundin hat es gestört. Sie hat sich kurz drauf von ihm getrennt, ihre Interessen gingen zukünftig zu weit auseinander. Sie ist leidenschaftliche Motorradfahrerin.

Thomas hat nie erwartet, dass ich freiwillig auf ein Motorrad steige. Ich weiß zwar, dass er früher gefahren ist, aber heute fährt er nur noch selten, weil er weiß, dass ich Angst habe. Das er es aufgibt hätte ich nicht von ihm erwartet, aber ich finde nett dass er es getan hat. Im Grunde sollte ich mich wohl über ein bisschen Bergwandern nicht beklagen. Schließlich ist frische Luft ja gesund. Er hat gesagt, er würde mich auch nehmen, wenn ich im Rollstuhl säße. Auch ohne Haare und ohne Zähne. Das finde ich richtig süß von ihm. Auf der anderen Seite würde ich das selbe für ihn auch tun. Manchmal steckt man einfach nicht drin. Wir haben nicht den Dunst einer Ahnung, was das Leben bringt. Wer weiß schon, ob wir gesund bleiben, oder ob unsere Kinder gesund auf die Welt kommen. Sein Leben zu Planen ist sicher eine der sinnlosesten Tätigkeiten, die ein Mensch sich ausdenken konnte. Dieser Perfektionswahn macht mich völlig krank. Ich verstehe diese Menschen nicht, die sich ihre Partner am liebsten nach der Farbe der Wohnzimmereinrichtung, aussuchen würden. Da kauf ich mir doch lieber ein neues Sofa. Das ist natürlich ein Scherz. Ich liebe mein altes kuscheliges Sofa viel zu sehr. Nein, der einfachste Weg war sich damit abzufinden, dass sie farblich einfach nicht hundertprozentig zusammen passen, Thomas und mein Sofa. Was soll ich sagen, mit den Jahren haben wir gelernt, uns zu arrangieren. Dafür ist die Passform sehr gut. Es fällt mir wirklich schwer, mich an was Neues zu gewöhnen, wenn ich mich einmal entschieden habe. Was ich mag, das mag ich, Sessellifte gehören nicht dazu.

Als ich vom Lift runter war, musste ich mich erst mal setzen, weil meine Knie so weich waren. Außerdem hatte ich gehofft, dass sie ihn wieder ans Laufen kriegen. Fast eine Stunde später haben sie das Ding dann geschlossen. Es ist nicht zu fassen, zwanzig Meter Luftlinie und trotzdem geht nichts, ohne Tricks und doppelten Boden. Das sind Situationen, die muss man erst mal verarbeiten. Irgend was daran scheint bezeichnend zu sein, für die Beziehung zwischen Männern und Frauen. Zwanzig Meter können echt weit sein, wenn es drauf ankommt. Manchmal, kommt man mit sechshundert fünfzig Kilometern Distanz, einfach besser klar. Als ich dort saß, drei Meter neben dem geschlossenen Lift, das schräg hängende Schild „Außer Betrieb" direkt vor der Nase, das war wohl der erste Moment heute, dass ich nicht mehr sauer auf ihn war. „Außer Betrieb" das hatte ich schon nachts um viertel nach vier gewusst. Da saß ich und musste widerwillig einräumen, auch wenn ich neue Dinge ganz besonders mögen würde, würde ich ihn wohl auch nicht umtauschen. Er kann ja nichts dafür, dass er nur ein Mann geworden ist und dafür ist er doch im Großen und Ganzen, ganz gut gelungen.

Sogar mein hoch gereiftes, weibliches Gehirn hatte ein Problem damit, eine unüberbrückbare Distanz von Zwanzig Metern Schlucht zu verarbeiten. Mit anderen Worten, ich war zu entsetzt um zu wissen, was ich jetzt machen soll. Der einfachste Weg schien, erst mal die Distanz zu suchen, den Weg anzutreten und zu hoffen, dass dieser kluge Mann das kluge Auto nimmt und einen anderen guten Weg findet. Wahrscheinlich wird er das wohl auch getan haben. Gute Absprachen sind eine wundervolle Angelegenheit, wenn man sie denn treffen kann. Aber leider war das nicht möglich, denn ich hatte mein Handy nicht dabei. Vergessen, das sieht mir so ähnlich. Im Grunde würde ich wohl heute noch, meine Briefe in Stein klopfen, wenn es nicht so aufwändig wäre und sicher gehörig Nachporto kosten würde. Nobody is perfect. Jetzt finde ich den Weg nicht und dabei wüsste ich so gerne, wie es hier wirklich weiter geht. Aber ich habe keinen blassen Schimmer. Und alles nur wegen Gunther.

Ich habe wirklich keine Ahnung, was mein Mann an diesem Troll findet. Wo immer dieses Unikum in unserem Leben aufschlägt, bedeutet das Umstände und Ärger. Ich bin sicher, dass ihm das längst aufgefallen ist. So viel böses Karma, kann doch nicht mal einem Mann entgehen. Wirklich nicht. Vermutlich hat er einfach ein viel zu weiches Herz, wahrscheinlich lässt er sich viel zu schnell überreden. Das erscheint mir wirklich ein bisschen deplaziert. Auf der andren Seite...

auch Idioten brauchen Liebe.